Les coquelicots

Du même auteur

L'Amande, Plon, 2004.
La Traversée des sens, Plon, 2009.
D'ambre et de soie, Plon, 2015.

Nedjma

Les coquelicots

roman

PLON
www.plon.fr

92, avenue de France
75013 Paris
Tél. : 01 44 16 09 00
Fax : 01 44 16 09 01
www.plon.fr
www.lisez.com

Mise en pages : Nord Compo
Dépôt légal : août 2023
ISBN : 978-2-259-31708-5

Prélude

Quand une pute ouvre sa gueule…

Je, qu'Allah soit satisfait de moi, Fouad Haouari, alias *Abou Houdayfa el Merdessi, algérien de naissance, musulman au prépuce coupé dans le respect du Pacte d'Abraham et la Sunna du Prophète, émir de la Katiba des Halaliyyines affiliée à l'Armée du Califat qui a prêté serment d'allégeance au Commandeur des Croyants Hussein ibn Assad el Dharrat el Aurassi, déclare avoir reçu des mains de mon secrétaire Abou el Mahassine, Mauritanien respecté de tous, qui sait lire et écrire l'arabe, le français, l'anglais, comprend l'hindi, l'ourdou, le tchétchène, l'ouzbek et le patois des Ouïghours, le présent manuscrit expédié en poste restante à notre ami et protégé tunisien Abou Rass el Harba qui a jugé nécessaire de me le transmettre pour avis. Avis qui vaudra fatwa à son auteure. J'espère, qu'Allah soit satisfait de moi, étouffer dans l'œuf une polémique qui ne manquera pas d'agiter mes serpents à sornettes de disciples et livrer encore une fois l'honneur de la Oumma du Prophète aux calomnies, saccages et sarcasmes des médias mécréants.*

J'ai lu le manuscrit de ladite Zahra, la pute, et voici ce que j'en dis.

Il est de bon ton d'insulter Alger, sa race, sa casbah, ses embouteillages et sa bouffe fadasse.

Qu'Alger soit infâme, qui pourrait le contester ? Elle l'est autant que toutes ces villes déclassées alignées en un long chapelet de chancres sur la rive sud de la Méditerranée. Qu'il se nomme Alger, Tripoli, Tunis ou même Beyrouth, le cloaque au cloaque ressemble et les mêmes vivants-déjà-morts traînent leur putréfaction dans des rues jumelles jonchées de destins concassés.

Je ne peux rien y faire.

Vous ne pouvez rien y faire.

Même le soleil ne peut rien y faire. Il se borne depuis plus de trente ans à pisser une lumière chichiteuse sur des décors postapocalyptiques où l'humain a cédé la place à la stupeur minérale et à la férocité des animaux génétiquement modifiés. Fort heureusement, le monde entier s'en bat les couilles et moi de même.

Voilà pourquoi, tout émir que je sois et qu'Allah soit satisfait de moi, je vis depuis vingt ans chez les Bajau dans une cabane sur pilotis entre ciel et eau, polygame et père de douze enfants.

Je vis si loin que je peux m'offrir le luxe d'être franc et voici mon verdict.

Ce récit m'a fait bander comme un cerf, rouler par terre de rire et laissé entrevoir une proche délivrance pour mes compatriotes et congénères.

En vérité, je vous le dis comme je le sens : si parmi les trois cent cinquante millions de Berbéro-Arabo-musulmans, tous les névrosés venaient à disparaître du jour au lendemain, sans crier gare, par miracle ou par je ne sais quel autre cadeau incommensurable du Ciel, sachez qu'aucun sismographe, aucune Bourse ne s'en apercevrait.

C'est qu'ils ne pèsent rien, n'inventent rien, ne servent à rien puisqu'ils ne foutent rien.

Ils ne savent qu'aboyer, claquer du fric à Londres, Monte-Carlo ou Marbella, faire des rois obèses et des princes psychopathes. Ils adorent parader puis bouffer. Bouffer puis baiser. Baiser toujours, bouffer encore puis dormir. Par sage décision et louable précaution, gaz, pétrole, uranium, or, cobalt et autres matières non fécales ont été mis hors de leur contrôle.

Toute la Création sait que le monde a autant besoin d'eux qu'un poisson d'une bicyclette. Par conséquent, rien de ce que raconte Zahra, la pute, n'est surprenant ou proprement choquant. Au demeurant, elle reste très en deçà de la réalité. Des millions de boulangers, plombiers, médecins, physiciens, musiciens, ingénieurs, ouvriers et éboueurs nés berbéro-arabo-musulmans en savent quelque chose. Ils se sont résignés à tout abandonner, tout laisser derrière eux pour sauver leur bien le plus précieux : leur tête. Et du couperet et de la folie.

Alors, peuples normaux, peuples équilibrés, sains de corps et d'esprit,

Et vous, chers arbres en fleurs, chers dauphins rieurs, chères tortues bouffeuses de salade.

Écoutez-moi, vous aussi, les assassinés, les décapités, les déchiquetés, les écrasés, les poignardés, les égorgés, les démembrés, les inconsolables.

Ne nous craignez plus, tout berbéro-arabo-musulmans que nous soyons.

Comme les dinosaures, nous commençons à tomber, foudroyés, et à nous putréfier dans la pisse et le pus.

Ne nous craignez plus car voilà qu'enfin nos putes se décident à nous dénoncer.

Pour ce simple acte de bravoure, je les déclare absoutes de tout péché. Puisse Dieu entériner cette fatwa émanant d'un croyant qui Lui rend grâce cinq fois par jour de lui avoir donné refuge chez des musulmans parfaitement illettrés sachant juste rire et nager, qui le gavent de poisson, pitayas, mangoustans et caramboles. Ils ont lavé mon cœur de tout ressentiment et soustrait mon trou de balle aux affres de la Constipation Suprême, terreur des mangeurs de figues de Barbarie, porteurs de burnous et amateurs de couscous.

1

ALGER/TUNIS

À Bab el-Oued vivait une dinde grassouillette et timide, fille unique d'un maître d'école et d'une postière : moi. Nous créchions dans un deux pièces hérité d'une famille juive qui l'avait quitté dès janvier 1963 pour s'installer dans le Sentier parisien. L'immeuble était et reste vétuste, la rue était et reste crade. Alger était irascible. Elle est devenue apathique.

Mon père, Ammar Aït Saïd, est un gentil monsieur qui me croit morte en Syrie, ma mère une dame respectable qui fait un excellent couscous aux sept légumes et se tamponne les yeux quand elle entend Noura chanter son larmoyant « Houa Houa ». Nous avons eu la parabole, la vidéo et les chaînes satellitaires, piratées avant tout le monde, mais nous n'avons pas de salle de bains. Depuis des lustres, dans ce coin du monde pourtant bien arrosé, l'eau est rationnée. Chaque famille désigne à tour de rôle un guetteur pour surveiller le retour de la flotte dans la tuyauterie et remplir quelques seaux, bidons et même les marmites. J'ai gardé de cette disette hydrique un goût abusif pour les bains chauds, mousseux, voluptueux et interminables.

Je ne suis ni bête ni particulièrement brillante. J'ai donc choisi la section chimie après le baccalauréat, animée par le vague espoir de travailler un jour dans les hydrocarbures. Au début, je suis allée à pied de Bab el-Oued à la fac et j'ai récolté à l'aller comme au retour mon dû d'insultes et de railleries grivoises, distribuées telles des claques par les hitistes[1] hirsutes. Au bout d'une semaine, j'ai pris le voile pour me protéger de leurs bave et mains baladeuses.

Ma mère a failli tourner de l'œil en voyant ma tenue. Sans être militante ou féministe, elle vomit le voile et exècre les barbus qui ont éventré le pays à jamais. Moi, je suis la fille de mon époque et d'une génération où l'on entre dans la religion du voile par quartiers entiers et où l'on utilise le foulard comme accessoire de mode. Maman a crié, supplié et fini par me lancer un « Tu finiras mal, ma fille. Tu finiras mal » résigné. Mon père a serré les poings, blanc de rage, puis a baissé la tête, vaincu. Comment expliquer aux voisins le refus de voir son enfant suivre le bétail des dévots fraîchement convertis sans s'attirer le courroux des bigots définitivement majoritaires ?

Ma mère est constantinoise. Et plus snob que Constantine, tu meurs. C'est du moins ma conviction

1. Désœuvrés, qui passent leur temps adossés aux murs.

après tant d'années passées à subir ses tirades extasiées quand elle se lançait dans le détail de la cuisine fastueuse de sa ville, tels le tajine aux pruneaux, la soupe de frik[1] à l'agneau, le couscous mhaouar[2], la tlitla[3], le brick errana[4], le tajine al aïn[5] et autres noms à coucher dehors. Malicieux, mon père prenait son air le plus innocent pour lui demander : « Redis-moi, s'il te plaît, la recette de "la Cervelle du Vieux" ? Parce que là, vraiment, il faut être constantinois pour donner un nom à gerber à un simple mélange de beurre frais et de miel ! *Mokh Echeikh*, qu'ils appellent ça, les anthropophages ! »

Les transes culinaires de ma mère n'étaient rien comparées à celles où la plongeait la description minutieuse du velouté de la qatifa, le velours vénéré par Constantine, l'empesée, ce qu'est une vraie djebba Fergani[6], *bessah*[7], les figures des broderies, les babouches qui vont avec ou comment se porte la m'laya constantinoise, ce linceul noir porté en signe de deuil éternel pour un foutu bey dont plus personne ne se souvient. J'ai mis du temps avant de découvrir que ma mère était issue d'une branche pauvre des Benazzouz, famille chérifienne généalogiquement rattachée au Prophète. Voulant rabattre le caquet

1. Blé vert concassé. 2. Couscous constantinois à base de semoule fine, servi avec une sauce blanche. 3. Recette de pâtes constantinoises, qui ressemblent à du riz. 4. Variété de brick salé ou sucré, en forme de cigare. 5. Tajine sucré, à base de pruneaux, de raisins secs et d'amandes. 6. Robe traditionnelle de Constantine, brodée de fils d'or. 7. « Pour de vrai ».

à ses vanités naïves, mon père, farouchement kabyle et agnostique, ne ratait pas une occasion pour lui rappeler la tapée de tarés et de vicieux que compte son auguste ascendance.

Ma mère n'a jamais eu de djebba Fergani ni porté la m'laya noire constantinoise dans une Alger où même le haïk[1] blanc typique est devenu rare. Mais elle est une cuisinière hors pair et elle sait faire un festin avec une poignée de pois chiches, un morceau de khli[2] dormant dans sa graisse de queue de mouton, une mesure de semoule, un peu de beurre ou quelques dattes. Elle cuisine en fredonnant du malouf andalou et certaines mélodies réussissent aujourd'hui encore à me coller le bourdon quand je les croise dans les soirées ou les souks de Tunis.

Il me faut à ce stade reconnaître et admettre ce que l'écrasante majorité de mes frères de race trouvent inadmissible, inconcevable et blasphématoire : je n'aime pas ma mère, ne la connais pas et ne la comprends pas. Le pire est qu'elle n'y est pour rien, ou très peu.

Elle n'est pas un monstre. Elle n'est pas une mégère. Elle adore les chats, les canaris et réussit à les faire cohabiter en paix. Elle tient sa maison propre et ordonnée, fait son travail de postière et d'épouse modèle avec conscience et abnégation. Elle ne sait pas crier ni

1. Voile en coton ou en lin porté dans certaines régions du Maghreb. 2. Viande séchée, appelée aussi qadid.

médire, va au hammam et chez le coiffeur une fois par semaine. Elle ne m'a même pas fait l'affront de me lester d'un frère ou d'une sœur.

Pourtant, tout en elle m'irrite. Sa voix posée comme ses gestes ronds, presque indolents, me hérissent. J'enrage tant je tiens d'elle. À commencer par ce goût pour les choses bien faites en cuisine et cette fierté chatouilleuse. Je lui reproche peut-être d'être semblable à toutes les mères de sa race. Celles qui, par leur idolâtrie incestueuse de l'enfant mâle, fabriquent des blocs d'égoïsme, des sommes de carences, des diminués revanchards, des natures geignardes et rabougries, des machines à piétiner, saccager et défigurer arbres, bancs publics, distributeurs de billets, gradins de stade, chats, chiens et femmes de tout âge. Des mecs qui mettent leurs nanas en cloque puis foutent le camp, incapables d'assumer une paternité, des enfants, une vie à deux, les factures, les biberons, le dur métier de durer ensemble. Des inutiles qui pissent à tous les coins de rue et puent du bec parce que trop fainéants pour se brosser les dents. Seul mon père trouve grâce à mes yeux parce qu'il contredit le modèle courant du mâle local. Il est si exceptionnel que j'ai renoncé à le trouver ailleurs.

Ma mère et ses semblables sont à flinguer puis à brûler. Leurs cendres devraient être répandues par-dessus les enclos des porcs en Sardaigne. C'est le seul moyen, me semble-t-il, d'en finir avec la folle misère des hommes, la terrifiante cruauté des pères, la rage incandescente des filles et la collective ruée vers l'enfer dont le soleil est témoin à chaque lever.

Mais je sais qu'il est déjà trop tard. Les filles ont compris elles aussi comment tourne le business et comment la vie se gagne. Elles ressemblent désormais à leurs doubles masculins. Elles connaissent l'ordre des choses : pisser. Tuer. Roter. Tuer. Cracher. Voler. Se servir d'un tournevis, d'une kalach, d'une tronçonneuse. D'humiliation en lapidation, de bastonnade en décapitation, elles ont décidé de faire la bascule. Nous n'avons pas fini de basculer.

Les filles ont assimilé les bienfaits du voile. Il leur fait économiser l'argent du coiffeur et les dinars dilapidés dans des fringues de barges. Là-dessous elles peuvent sortir à moitié nues ou en caleçon troué, personne ne devinera l'état de leur fortune ni les massacres qui se trament dans leur tête. Le voile est leur cuirasse et leur sauf-conduit. J'en sais quelque chose puisque je l'ai vécu. Les boutonneux en jogging taché de foutre et de sauce rouge baissaient la tête à mon passage, faussement respectueux. Les taxis, quant à eux, freinaient des quatre roues dès que je leur faisais signe et éteignaient la radio par égard pour mes chastes oreilles. Même mes parents ont fini par choper la trouille du voile. Ils n'osaient plus poser de questions sur mes allées et venues, ne forçaient plus la porte de ma chambre pour vérifier que je n'étais pas au téléphone avec quelque jeune *zoufri*[1] raté.

Tout le monde croyait à ma conversion. Sauf moi, bien sûr. Cela ne m'a pas empêchée de pousser la chaudière à fond, de passer du foulard au niqab intégral presque par jeu. Un peu par défi aussi. Je ne prétendais pas servir Dieu mais je savais me fondre dans le décor, grossir la masse des idolâtres bouffeurs d'argent sale et de chair humaine, qui appelaient à la prière cinq fois par jour du haut des minarets, sans craindre la foudre de Dieu ni la matraque policière.

Minérale, générale, organique, théorique, analytique, la chimie a ordonné ma tête et mes journées, m'a offert une oasis de logique dans un quotidien ubuesque. Tout autant que ma conversion, elle me valait une cour assidue menée méthodiquement par les barbus de la faculté et leurs sœurettes niqabées. Flattée, j'ai fini par comprendre à force d'allusions et de longues circonvolutions qu'ils voulaient faire de moi leur artificière. Roulant des yeux tel un crapaud paniqué, j'ai hoqueté, faussement désolée, un « Papa ne veut pas » qui n'a pas trompé la sœur maquerelle. Pourquoi avoir refusé de franchir le pas et de monter en grade dans la hiérarchie des psychopathes ? Par couardise ? Certainement. J'ai préféré me planquer et jouer les filles dociles à qui leurs

1. Jeune dévergondé.

pères interdisent de commettre des bêtises avant le mariage.

La curiosité et une bonne dose de vanité m'ont fait accepter une adhésion light à la frange extrémiste et assister à ses soirées appelées « *maw'idha*[1] », où des nanas qui schlinguaient des aisselles parlaient foi, vertu, rédemption, Apocalypse et autres joujoux bondieusards. Des étudiants en physique sont venus nous affirmer que la Terre était plate et que tout était dit et décrit dans le saint Coran : les fusées, le génome humain, le big bang, le 11 Septembre, Internet, la bombinette, etc. Tout ce que l'Occident a fabriqué, inventé, découvert, mesuré, imaginé, calculé est consigné depuis mille cinq cents ans dans le Livre. La conquête de l'espace et spécialement celle de la Lune est évidemment une supercherie. Et à supposer que cela soit vrai, ont affirmé les illuminés les plus zélés, pourfendeurs de la science et ses suppôts sataniques, nous aurions pu y aller depuis belle lurette si nous l'avions voulu. Mais pourquoi se déranger alors que ces kouffar de juifs et de chrétiens sont là pour le faire, et avec brio ? Selon eux, Allah a créé les mécréants dans le seul but de servir les musulmans, comme les esclaves servent leurs maîtres. Rompez les rangs, bande d'ignares !

1. « Sermon ».

Vint le jour où on a voulu tester mon engagement en me filant une première mission. Celle de convertir mes propres parents, la postière à la mise en plis parfaite et l'instit agnostique. J'ai ri sous voile. Les prêches télévisés émaillés d'une interminable litanie de « *qala… qala* » (Tel compagnon du Prophète a dit… Tel théologien a écrit…) font enrager ma mère qui s'empresse de les zapper et scanne les chaînes françaises à la recherche de séries anglaises, ses préférées. Quant à Papa, il n'a conservé des rites islamiques que celui de sacrifier à Allah un mouton le jour de l'Aïd, en l'honneur d'Abraham et de l'un de ses fils, Isaac ou Ismaël, je ne sais.

J'ai essayé de barguigner un peu avec l'étudiant à la barbe teintée de henné qui nous servait de guide, pour échapper à une mission que je savais impossible.

— N'est-ce pas *h'chouma*[1] que de vouloir refaire l'éducation de ses parents ?

---

1. « Honteux ».

La barbe à caca m'a rétorqué sur le ton docte qui caractérise les demeurés :

— Si les parents n'ont pas assez de foi, il échoit à leurs enfants de les guider.

J'ai insisté timidement :

— Cela ne risque-t-il pas de fâcher Dieu ?

— Pas lorsqu'ils sont dans l'erreur, ma sœur. Pas lorsqu'ils sont dans l'erreur.

D'erreur, à mon avis, il n'y avait pire que lui, accident génétique majeur dont l'Algérie continue à souffrir aujourd'hui encore, sous forme de préfet.

En désespoir de cause, je me suis rabattue sur Hannouna, l'aïeule venue s'installer chez nous à la mort de Ebbay Tahar, mon grand-père paternel. Tatouée du front aux pieds, à deux pas de la tombe, elle m'a semblé prête à mieux connaître son Créateur, Ses préceptes, exigences et châtiments, histoire de se préparer à leurs imminentes retrouvailles.

J'ai réussi au-delà de mes espérances. Hannouna a accepté de remplacer les feuilletons turcs qu'elle se farcissait à longueur de soirée par des émissions pieuses. Je lui ai concocté un programme 100 % halal pour sa téloche personnelle et lui ai appris à zapper sur les chaînes où pas une mèche de cheveux ne se dévoile, pas un air guilleret ne s'entend. Rien que des sermons et des fatwas entrecoupés de récitations coraniques wahhabites austères, qui déversent du plomb sur les cœurs et les âmes à la louche.

Elle en a perdu la boule, la vieille. Elle s'est prise de passion pour les téléprêcheurs à turban qui crient, pleurent, tombent en transe sous les hurlements extasiés des fidèles hystérisés. Elle pleurait devant sa téloche, se griffait les joues, et quand les prêcheurs crachaient sur le diable, elle envoyait sur sa couverture un gros jet de salive chargé de chemma, une chique épaisse à faire débouler les sangliers des Djurjura jusqu'à Ben Aknoun, *ya jeddek*[1] !

La seule chose qui faisait tiquer Mémé, c'était l'invraisemblable laideur des cheikhs. La rousse aux yeux verts qu'elle était et dont la beauté faisait accourir les hommes et les femmes des hameaux voisins pour « retrouver la vue », comme ils disaient, avait du mal à supporter les gros plans de la caméra sur les yeux éborgnés des prêcheurs laids comme des poux et au nez bouffé par la variole.

Mais elle persistait à regarder le défilé des horrifiques derrière ses grosses lunettes de vue, l'appareil auditif aux aguets. Une telle ferveur m'a étonnée, la Kabyle ne connaissant de l'arabe littéraire que de quoi expédier ses cinq prières quotidiennes. Autant dire presque rien. Durant vingt-quatre heures, j'ai prêté une oreille attentive au charabia déversé par la télévision. Il

1. Interjection, suivie d'un juron.

n'y était question que de cul. Comment le torcher, comment le laver, comment le trouer, comment le voiler, comment l'engraisser, comment l'apprêter, comment l'offrir « halalement ». Presque toutes les fatwas ne causaient que du zob masculin et du *hatchoun* féminin conjoints en légitime *nikah*, ce mot arabe qui signifie mariage mais qui est si proche de celui de baise qu'ils sont devenus quasi synonymes. Comment la vieille Berbère a pu décrypter une langue qui lui était hermétique reste l'un des mystères de la nature humaine. En fait, la grand-mère regardait et écoutait son porno halal en tout bien tout honneur. D'où sa fureur de voir défiler des visages plus moches que les culs dont ils prétendaient organiser le boulot.

Maman m'a évidemment accusée de pervertir l'aïeule et de la précipiter dans une sénilité précoce et lubrique. Mon père était trop pudique pour me demander d'arrêter d'intoxiquer Hannouna avec des fantasmes que son corps n'avait plus les moyens de vivre. Il a condamné toutes les chaînes de prêche et a répondu à sa mère, furieuse et frustrée, qu'elles n'étaient pas bonnes pour son cœur. Afin de protester contre sa tyrannie, Mémé a fait la grève de la prière, vouant mon père à l'enfer éternel réservé aux fils sans cœur. Le saint homme a maintenu sa décision et a menacé ma mère de lui fracasser la télé sur la tête si elle s'avisait de revenir le supplier de laisser la vieille regarder ses téléprêcheurs.

Aujourd'hui encore, je ne sais si grand-mère était atteinte de lubricité sénile ou si elle était tout simplement une majestueuse farceuse qui prenait plaisir à chatouiller les tabous de la tribu. Seuls deux interdits tenaient encore debout dans sa tête et sa bouche : ne pas faire le ramadan et boire de l'alcool. Son pif avait le don de repérer l'odeur du vin ou de la bière à dix mètres de distance et déclenchait de sa part une canonnade de jérémiades courroucées. Mon père buvait une fois par semaine, le jeudi soir, pour oublier ses poumons pourris par la craie et son dos courbé avant l'heure. Installé près du balcon avec ses deux bouteilles de côteaux-de-Mascara, attablé devant sa kemia[1] de fruits secs, fèves au cumin, salade de pommes de terre, quarts de fenouil, bâtonnets de concombre ou artichaut cuits à la vapeur, il conviait ses voix aimées à partager une parenthèse de joies élégantes. Il commençait par Chaou et Guerouabi, enchaînait sur Cheikh El Anka et Dahmane El Harrachi et clôturait la séance avec le déchirant « Ourtsrou » de Djamel Allam. Même le chat en profitait pour lui sauter sur les genoux et quémander caresses et grognements d'amitié pudique. Quelques miettes de rouget aussi quand il y avait assez d'argent dans la baraque pour que ma mère puisse préparer une assiette de friture à un mari qui se privait de tout pour ne rien devoir à personne.

1. Amuse-gueules, tapas maghrébins.

Alors, le jour où Mémé s'est piquée de mettre de l'ordre dans les mœurs dissolues de la maison, le ciel a manqué nous tomber sur la gueule tant la fureur des calmes est cataclysmique. Cela s'est passé un jeudi soir de mars, juste quand Papa a mis le « Sobhan Allah ya L'tif » d'El Anka. Sa mère s'est appuyée péniblement sur ses poignets pour se lever, a traversé le hall en frappant furieusement les murs de sa canne et a déboulé au salon, ses rares cheveux en bataille :

— Si tu continues à boire, la baraka va quitter cette maison. Tu vas aller en enfer et nous y entraîner avec toi *batel*[1], pour rien. Maudit soit celui qui boit le vin, le sert ou s'assied avec les pochetrons de ton espèce !

Mon père s'est levé blanc de rage. Pour la première fois de sa vie, il a hurlé d'une voix qui a fait trembler l'immeuble durant cinq minutes :

— Toi, la vieille, tu fermes ton clapet et définitivement ! Je suis chez moi. Je fais ce que je veux sous mon toit. Si tu n'es pas contente, barre-toi chez tes chacals de cousins. Tu vas arrêter de me casser les couilles ! Et ne me parle plus jamais ni de Dieu ni de l'enfer, sinon je t'y expédie *illico*. Tu te prends pour qui, *ya nammi*[2] ? Ton Dieu, s'Il existe, t'a fait cadeau d'un fils honnête, d'une belle-fille serviable et d'une petite-fille conne à souhait. Ne m'emmerde pas et ne me cherche pas ! Et ne t'avise plus de parler de mon vin si tu ne veux pas

1. « Injustement ». 2. Juron grossier. Équivalent de « Ma bite, oui ».

que je te parle de tes pornos islamistes. Allez, zou ! Du vent.

C'est là que tu réalises que toute famille est un théâtre, un cirque, un vaudeville, une commedia dell'arte et une énorme bouffonnerie. C'est là que tu comprends que tout le monde sait tout, absolument tout sur le zizi et les *glaouis* convoités par tout un chacun, mais regarde juste ailleurs par lassitude ou par charité.

Toujours est-il que Mémé n'a plus reparlé à son fils de son vin et a même cessé de se plaindre de son arthrose à elle. Elle s'est contentée de suivre à nouveau des feuilletons turcs où les mecs sont beaux, les nanas splendides et les bagnoles hors de prix. Elle ne comprenait rien à l'intrigue, ne savait rien du pourquoi ni du comment des dialogues débités en libanais par des voix nasillardes. Elle regardait passer la vie des étrangers. Elle priait de temps en temps assise dans son lit, égrenait son chapelet en marmonnant des mots qui ressemblaient plus à des grossièretés kabyles qu'à des prières et faisait la gueule à ma mère par principe. Quand elle est morte, mon père l'a pleurée durant quarante jours. Il sifflait son vin en sanglotant, confiant à Cheikh El Anka, Guerouabi et à tous les maîtres du chant châabi partis trop tôt : « Bien sûr, qu'elle était casse-couilles ! Bien sûr, qu'elle a bouffé la vie et le foie de mon père avec ses caprices et ses tyrannies… Mais qui préparait la galette aghrum[1], le ifelfel[2] ou le tikourbabine[3] mieux que toi, *ya yemma*[4], *ya hannouna*[5] ? »

Ma mère a fini par lui lancer, ulcérée :

— Ne t'inquiète pas. Ta bonne à tout faire est toujours là pour te servir le rahej[6] matin, midi et soir.

La crainte de se faire empoisonner par le rahej maternel a mis fin à son deuil.

Et moi, dans tout cela ?

Moi, je m'emmerdais comme un rat mort dans mon coin sous des couches de peurs et de désirs confus. Même sans grande culture religieuse, je sentais l'arnaque sous le prêche, la magouille sous le précepte, le mensonge sous les langues éperdues de vertu.

Je m'en suis tapé, des soirées de « *qala... qala* » volubiles, où les versets divins flottaient comme des îlots désemparés dans un océan d'horreurs, de niaiseries et de franches conneries attribuées à tort au Prophète. Sans oublier les « *qala... qala* » qui citaient des Ibn Tel et Abou Untel plus tordus les uns que les autres. Mon arabe très élémentaire m'a permis de rester à la surface de cette tambouille gluante et sinistre, où il n'était question que de démons, pals et souffrances dès

1. Galette kabyle à la semoule fine. 2. Salade de poivrons. 3. Plat de boules de semoule à la sauce rouge piquante, avec ou sans viande séchée. 4. « Maman ». 5. « Ma chérie ». 6. Nourriture, pitance empoisonnée.

la mise en terre des malheureux pécheurs que nous sommes.

Les transes collectives de ces déments arabophones ont fini par me fracasser. Les voir gesticuler, baver, se tordre par terre de rage et s'évanouir en évoquant la longue liste des ennemis de l'islam a durablement endommagé ma relation avec Dieu et Son prophète. J'en ai gardé le rejet de toute hystérie qui se réclame d'Allah, et le refus de devenir un monstre de plus parmi les monstres qui débitent des monstruosités sur Dieu, Maître des Mondes et Son prophète Mahomet, ces monstres trop heureux de ce que Mahomet soit mort, trop mort pour sortir leur dire en direct sur CNN, en arabe, en chinois et en hébreu : « Silence, horde cruelle et mécréante dont je ne suis ni le Guide ni le Prophète ! » C'est le seul hadith mahométan que je continue d'espérer, le front aux vitres comme font les veilleuses de défaite.

Mon futur mari m'est tombé du ciel mollement et sans enthousiasme particulier. Wael était un vague camarade de faculté inscrit en sociologie, en plus d'être un voisin. Il habitait juste en dessous de chez nous, dans l'échoppe de son oncle Mokhtar, un vendeur de beignets tunisien à qui l'on devait la tenace odeur d'huile de friture qui imprégnait les murs, les draps et même nos cheveux.

Originaire d'une bourgade logée quelque part dans le trou de cul du Sud tunisien, Wael voulait au début partir en France mais il n'avait jamais réussi à obtenir le visa. Il s'était résigné à rejoindre Alger en jeans et baskets, sans barbe ni moustaches. Quelques mois ont suffi pour qu'il devienne adepte du look *total Kaboul* et des joints de shit marocain premier choix. Les effluves douceâtres ont commencé à envahir la cage d'escalier. Avec elles montaient des bribes de « *yajouz*[1] » et

1. « Licite ».

« *lè yajouz*[1] », doctes enseignements coraniques qui viraient vite à l'insulte corsée ponctuée de « *Rabbek* » et de « *Dine babek* » blasphématoires. Nous avons compris qu'une bande de petites frappes avait squatté l'arrière-boutique de l'oncle *ftaïri*. Il nous est même arrivé certains soirs d'entendre distinctement des couinements lubriques qu'on ne savait mâles ou femelles. Les dénégations véhémentes de l'oncle ne trompaient personne.

Le jour où j'ai vu Wael en qamis[2], calotte et baskets Adidas, j'ai décidé de me marier avec lui. C'était dans l'ordre des choses. Son qamis répondait à mon djelbab[3], sa calotte à mon voile. Nous pouvions nous assortir, nous convenir, concilier nos manques et accommoder nos frustrations. Nous avons affiché notre affiliation à l'islamisme avec ostentation et décidé de « nous réunir en Allah », c'est-à-dire de nous mettre en couple.

Comme beaucoup de Tunisiens, Wael était un baratineur né au compliment gentiment galant, la petite larme faussement romantique toujours au bord de la paupière. Mon père, pourtant grand taiseux, m'a quand même lancé un jour à table :

---

1. « Illicite ». 2. Longue robe masculine, portée essentiellement au Moyen-Orient et adoptée par les islamistes au Maghreb et en Europe. 3. Habit islamiste féminin ample, qui implique le port d'une capuche ou d'un voile.

— Tu devrais savoir que, pour moi, c'est un pays de proxénètes.

À quoi ma mère a répondu par un « Ammmmmmmmar ! » offusqué, avant de marmonner sur un ton philosophe et conciliant :

— Ce sont nos cousins, tout de même !

Je n'ai fait aucun commentaire mais j'ai su que mon père n'était pas dupe de mes airs de sainte-nitouche.

J'ai dit à Wael que je l'aimais, lui ai promis obéissance et fidélité et j'étais sincère. Il ne m'a rien promis en retour, s'est juste montré bruyamment heureux de convoler pour des raisons que je n'ai sues que plus tard.

Afin de sceller notre engagement vis-à-vis l'un de l'autre comme vis-à-vis de la cause islamiste, nous avons passé moult après-midi et soirées à ingurgiter des vidéos où un Dieu furieusement biblique levait le doigt et sommait Daech de mener la guerre sainte. Pour ma génération, *Le Tintement des épées* a été une série culte, le film *What Are You Waiting For ?* la dope qui a multiplié par cent l'effet de la haine sur notre mental où tournoyaient un paquet de frustrations, telles des boules puantes sur le feutre d'un billard miteux. Les emblèmes de ces années hallucinées s'appelaient console, téléphone portable avec caméra et ordinateurs portables. Sans oublier les inusables AK-47, les lance-roquettes RPG-7, les canons sans recul et les mitraillettes lourdes montés sur les pick-up des mythiques Toyota. Ni l'étendard noir frappé de l'aigle daechien, avec sa sinistre calligraphie sciemment dépouillée et la *Gestion de la barbarie* d'Abou Bakr Naji qui nous servait de bréviaire.

Frères humains, vous a-t-on dit que Daech est le plus gros producteur arabe de films d'horreur ? Vous a-t-on dit que Harvey Weinstein est un enfant de chœur comparé à ceux qui ont filmé, avec ou sans effets sonores, en vrai ou en postproduction, les crapules qui ont décapité des coptes sur une plage, jeté des homosexuels du haut des citadelles, brûlé des prisonniers enfermés dans des cages ?

Vous l'a-t-on dit ? L'avez-vous vu ? L'avez-vous su ?

Moi, j'ai tout vu, tout entendu, intégré dans mes microprocesseurs afin de ne jamais rien oublier ni pardonner. Non, je n'ai jamais pardonné à aucun de ces fils de pute que j'ai retrouvés plus tard, dans une vie pas encore vécue, ces clebs dont j'ai essuyé les larmes, le vomi et parfois les fèces, et qui hoquetaient, la tête fichée dans les toilettes, au beau milieu de leurs cauchemars recommencés : « *Rabbi !* Pardonne-moi ! Pardonne-moi d'avoir massacré Ta créature et bafoué Ton nom. Pardonne-moi car Tu es l'unique Pardonneur. »

Beaucoup se sont tiré une balle dans la tête et c'est tant mieux. J'ai même apporté des oranges et des bananes à ceux qui ont fini à l'asile. Je l'ai fait non par charité mais pour entretenir vive la morsure de la mémoire, la leur, l'empêcher d'effacer l'innommable qu'ils ont commis sous le regard du Dieu éternel, le Samii, le Aliim, le Hayy et le Bassir qui entend tout, sait tout, voit tout et qu'on ne peut, Lui, décapiter ni cribler de balles.

En 2009, les Algériens rêvaient de passer leurs vacances dans une Tunisie ridiculement petite mais outrageusement prospère, et qui n'est plus. Dans cet Eldorado low cost, ils pouvaient nager, manger des bricks et des glaces, danser, passer la nuit au bord de la mer en toute sécurité. Ils pouvaient surtout y débarquer en voiture, moto ou trottinette, en famille ou entre mâles célibataires. Nos cousins et voisins de l'Est ne s'intéressaient qu'à nos devises. Nous ne nous sommes pas privés d'essuyer nos savates sur leurs gueules de fouine.

L'un des avantages d'être algérien, pensait mon père, est la sainte terreur que nous inspirons aux gens normaux. Partout où nous passons, une réputation de colériques, soupe au lait et bagarreurs nous précède. Mais nous, nous sommes juste des sauvages. Notre cruauté n'est en rien comparable à celle de nos sordides voisins. Le pays du jasmin est beau, certes, mais la lie de l'humanité qui peut y sévir est sans foi ni loi, sans parole ni honneur. On y trouve des traîtres dans l'âme, faux-culs notoires, décourageants de bassesse. À Tunis, j'ai vu des mères embrasser de joie le fric que les islamistes avaient distribué aux familles dont les enfants étaient partis faire le djihad en Libye, en Syrie et en Irak. L'argent a servi à changer de salon, bâtir un premier étage, acheter un écran plasma ou un frigo. Tout un pays s'est purgé, avec la complicité des mamans cupides, voilées et faussement éplorées, de sa jeunesse incasable, incapable, imbuvable, indécrottable et indésirable.

Wael n'a pas dérogé au standard tunisien. Il était si prévisible et si moyen qu'il m'a vite fait regretter la légendaire goujaterie de l'homme algérien. Pourtant, j'ai accepté de le suivre à Tunis en décembre 2013, une semaine après avoir fait un mariage islamiste sans contrat ni cérémonie. Quelques formules préhistoriques ânonnées, la sourate de la Fatiha récitée, et le tour était joué. Je suis partie sans dire au revoir à personne. Même pas à mes parents. Il m'a semblé plus digne d'éviter les silences chargés de grêle acide et de reproches superflus.

Le 6 février 2014, soit un mois plus tard, à 8 heures pile du matin, le chef d'un parti gauchiste tunisien tombait sous les balles islamistes au bas de son immeuble. Ses assassins courent toujours, impunis.

J'ai quitté physiquement Alger pour vivre dans des Alger démultipliées. Par volonté et à force d'exercices acharnés, je suis devenue imperméable à la nostalgie, rétive à toute idée de résurrection ou de rédemption.

Les vingt-trois années que j'ai passées dans une ville jamais guérie de l'horreur ni libérée des barres de fer demeurent intactes dans ma mémoire. Mes cours de chimie aussi. Tout comme les tremblements de terre, les noyés de Bab el-Oued, les discours de Bouteflika au français précieux. Née dans les soubresauts d'un immense ras-le-bol, je garde en moi un abîme rempli de glace et de cendres. J'avais quatre ans quand Boudiaf a été flingué à Annaba, neuf quand quatre cents villageois ont été égorgés à Bentalha. Je me souviens de tout mais je ne sens plus rien.

Des années plus tard, à Tunis, un médecin des cinglés au visage criblé par la petite vérole m'a expliqué, la bouche en cul-de-poule, les raisons de mon absence totale d'empathie pour le genre humain. La pauvre créature à la bandaison mollassonne m'a déclarée victime d'un grave traumatisme émotionnel, une espèce de paralysie sentimentale. En guise de représailles, je lui ai fait payer la pipe interminable qu'il était venu quémander le double du tarif habituel. Un toubib incapable d'identifier une psychopathe susceptible de lui trancher la queue en un claquement de dents est indigne d'exercer.

Il m'a fallu traverser la mer, supplier la pierre, vendre mes illusions au premier vent qui se lève et qui promet liberté, dignité et sérénité, avant d'intégrer quelques évidences qui décryptent notre chaos neuronal collectif.

Cette bouillie de vies inutiles, cette affreuse mélasse où fermentent des millions de zombies ahuris résulte d'une seule cause : la faim.

Faim de pain, couscous, pâtes, huile, sucre, patates, semoule, farine, viande d'agneau et couilles de veau. Une faim obsédante, atavique qui ulule même quand les placards débordent de victuailles. En pleines noces comme au milieu de funérailles. Une faim absurde, irrationnelle et obscène, nourrie par les disettes cycliques, engraissée par la cupidité des maîtres successifs et abusifs, stimulée par les publicités et les émissions de bouffe déversées par les télévisions étrangères, excitée par des prêcheurs aux yeux révulsés et à la voix stridente, qui décrivent le paradis comme une foire gargantuesque où les musulmans se bâfrent tels des cochons de tout ce qui leur tombe sous la dent.

Il y a aussi l'autre faim. L'innommable. L'implacable. La misérable. L'insidieuse. La cruelle. L'insensée. L'impérieuse. La violeuse. La tueuse. L'incestueuse. La nécrophile. La hideuse. Celle qui relègue les humains en sous-merde surclassée par tous les rats, chacals, vautours, cafards et scorpions de la Création. Celle qui rend fou. Celle qui pousse au crime. La faim qui n'espère et ne peut trouver pitance – le simple acte de copuler, pourtant à la portée de tout être vivant, étant strictement interdit chez nous aux hommes et femmes sans mariage. Ce que n'importe quel chien galeux ou chienne en chaleur peut vivre bruyamment, publiquement et librement, ce que le moindre âne en rut peut se payer avec n'importe quelle ânesse péteuse sans rendre de comptes à qui que ce soit, pas même à son maître, un humain vivant sous ce couvercle de plomb ne peut le faire sans l'assentiment des parents, des juges et des *cadis*[1], des oulémas et des policiers, des agents civils, des pères, oncles, mères et grands-mères, cousins et voisins, s'il le faut.

Sans oublier ce que coûtent les tambours et trompettes, les rubans, les voitures et les klaxons, les dentelles et les mousselines, les gâteaux au beurre rance et au miel frelaté, le henné et les décolorants, la masseuse et l'épileuse, le hammam, le coiffeur, le mouton, les costumes, les foulards et les youyous.

---

1. Juges.

Chômeurs et chômeuses, pauvres et pauvresses, gueux et gueuses, hitistes, déchets scolaires, accros au shit, à la seringue, à la blanche, aux médocs, à la colle forte, au cirage, à l'alcool à brûler, garçons comme filles en sont réduits à s'astiquer le manche ou le clitoris dix fois par jour, à s'enculer entre copains ou se lécher entre copines, faute de pouvoir baiser. Pas d'études, pas de boulot, pas de logement, pas de flouze, pas de femme, pas de mari, pas d'enfants. Et surtout : pas de visa pour la France.

Ne restent aux inutiles que la mer à traverser clandestinement ou les barbus à servir ouvertement.

J'ai fait semblant de servir les barbus parce que moi aussi j'avais (et j'ai encore) faim.

Vous raconter ma nuit de noces est superflu tant il est facile d'imaginer le lamentable fiasco qu'elle a été. Qu'attendre d'un puceau gourd des doigts et maladroit de la pine ? D'une pucelle que le toucher du vit effraie et que l'éjaculation dégoûte ? Tous les fantasmes et les rêves à l'eau de rose ont été lamentablement saccagés en cinq minutes, le temps qu'a duré le frottement de Wael contre mon pubis rasé à la hâte et d'aspect peu amène, il faut dire. Étant étrangers au quartier, les questionnements salaces et insistants des proches et voisins nous ont heureusement été épargnés. Un répit salutaire pour que l'on trouve nos marques et le mode d'emploi de nos corps si étrangers l'un à l'autre qu'ils en devenaient quasi ennemis.

Mais le temps n'a rien arrangé, le sexe n'étant pas affaire de connaissances abstraites ou de recettes pré-apprises. Il manquait à la mécanique de notre couple une pièce nommée désir. Celle qui jette les jeunes agneaux à l'assaut des vieilles brebis, fait rompre leurs brides aux ânes et les lance sur les traces d'une bourrique teigneuse, pousse les biques pelées vers des boucs qui empestent la fureur de copuler. À force de l'indifférer, mon corps a appris à repousser Wael par des ondes d'hostilité compactes et électriques. Nous n'avons pas tardé à nous installer sagement dans une zone de réciproque et tacite neutralité, ayant admis que la bandaison comme la cyprine, cela ne se commande pas.

Oh, Wael a bien réussi à me déflorer à force d'assauts et d'ahanements pitoyables, certainement conseillé par un imam, un garçon de café ou un des *tayyebs* du hammam, ces balèses qui débarrassent les hommes de leur crasse et courbatures et soulagent accessoirement leurs bourses congestionnées. Et non, je n'ai pas eu mal quand il a fini par me pénétrer. J'ai attendu qu'il roule sur le côté pour filer vers les toilettes me laver l'entrejambe avant de jeter ma culotte tachée de sang dans la poubelle. Le chapitre épousailles a été clos proprement, sans cris ni *pathos*.

Mon mari n'était ni méchant ni gentil. Ni présent ni absent. Ni gai ni sombre. Juste un peu opportuniste, adorateur impénitent de shit et plutôt mou du zizi. Sa froideur sexuelle m'a vite fait abandonner, soulagée, le lit conjugal pour une inconfortable banquette installée dans un corridor glacial mais assez large pour que je puisse y dérouler un tapis de prière. Wael détestant la cuisine algéroise, trop fade pour son palais rétamé par sa harissa nationale, mes corvées se sont limitées au ménage et à la lessive. Je vivais de fruits et de pâtes au beurre, buvais des litres de lait et renonçais presque à sortir. Je priais. Beaucoup. Déraisonnablement même. Surtout la nuit. Sans beaucoup de conviction, à vrai dire, mais avec la persévérance d'une chamelle sortant d'une ornière. Tunis me faisait profondément, totalement, farouchement peur. Ce qui était en soi une performance, compte tenu des charniers et des fous égorgeurs que j'avais laissés derrière moi en Algérie.

Dans cette maison insalubre louée à la hâte dans un quartier hideux à l'ouest de Tunis, je passais des jours sans goût ni lumière à m'intoxiquer de livres bon marché rédigés par une tapée de « Abou-je-ne-sais-qui » destinés à dérégler toute vie saine et normale. Ils prétendent que, du lever au coucher, du berceau au tombeau, chaque geste, regard, parole, doit être rigoureusement contrôlé « halal » de crainte que le « haram » ne nous jette, gentils et crédules musulmans, sur les chemins de la perdition et ne nous précipite dans la géhenne promise aux pécheurs et aux fortes têtes, agents de Satan, le maléfique.

Trois mosquées déversaient invariablement cinq fois par jour des appels à la prière wahhabites qui me glaçaient les sangs. Parfois, des barbus aux yeux cerclés de khôl surgissaient dans la rue sans crier gare, ridicules et hors galaxie, hissés sur des chevaux lourdement harnachés et armés de sabres émoussés. Des policiers en civil les escortaient ostensiblement dans des voitures sans sigle ni plaque et les ravitaillaient en bouteilles d'eau et biscuits. Ces tocards moyenâgeux se réclamaient tout à la fois des « Cavaliers de Okba, le Conquérant », de « l'Armée des combattants de l'ombre » et de « Jabhat al-Nosra » qui sévissait en Syrie. J'avais passé polices, douanes et frontières pour échouer à Kaboul-sur-Lac Sedjoumi, quitté Bab el-Oued pour me retrouver à El-Kouba, au sud-est d'Alger. Cela s'appelle l'art de tourner indéfiniment en rond ou celui de troquer la peste contre le choléra.

Quelquefois, Skander, un milicien à la barbichette teinte en bleu pétrole, frappait à notre porte. Il traversait la cour en jetant aux murs des regards de vierge effarouchée. Wael le recevait dans notre chambre à coucher et tournait la clef, me signifiant ainsi l'interdiction de le déranger. Il ressortait au bout d'une heure ou deux, tremblant et livide. J'ai longtemps cru que Skander venait lui donner des nouvelles des fronts où Daech canardait et décapitait les bons chrétiens comme les mauvais musulmans, sans faire de quartier. La vérité était évidemment beaucoup plus triviale, je le saurais bien plus tard.

Mon mari passait des heures cloué devant trois écrans d'ordinateur, répondant aux appels et messages reçus sur plusieurs portables, visionnant et partageant des vidéos. Il ne sortait que pour la prière de l'aube et celle du soir. Des liasses de billets, surtout des euros, débordaient des poches de son qamis afghan. Avoir autant de fric et se terrer dans un trou à rats me remplissait de rage mais je ne disais mot, ayant sciemment choisi l'effacement et l'obéissance. Toutefois, je sentais d'instinct que nous étions impliqués dans des choses graves que je refusais de nommer mais qui convergeaient toutes vers un trou noir appelé djihad, cet autre nom du terrorisme.

Frères humains, qui avec nous vivez, regardez-nous, moi et certains de ma génération, sans complaisance et de grâce ne détournez pas les yeux. Ne nous cherchez pas d'alibis ou de circonstances atténuantes. Quel autre enfer que le djihad voudrait de nos vies calcinées ? Nous haïssons l'école, y allons avec un couteau planqué dans le falzar, tabassons nos profs, bousculons les vioques, fumons et dealons au nez et à la barbe des flics à Tunis-Cité Ettadhamen comme en Seine-Saint Denis, à Alger-Hussein Dey comme à Casablanca-Douar Lahouna. Quel enfer autre que le djihad voudrait de nos gueules d'illettrés bling-bling, crapules avérées qui terrorisent mères et sœurs, violent voisines et cousines ?

Comme nos aînés, nous débarquons exprès sans papiers en Italie sur des chalutiers déglingués. Personne ne peut nous renvoyer. Et nous ne voulons aucunement nous intégrer. Nous nous foutons comme de l'an quarante des boulots proprets. Notre seule mission sur Terre est de sniffer, fumer, embobiner les blondes à gros nibards, les tirer et les jeter. Les plus siphonnés d'entre nous se baladent avec des cuirasses chimiques forgées à base de DMT, Captagon ou d'ecstasy. Ils jouent du couteau de boucher ou de la kalach avec une frénésie jouissive.

La France, l'Espagne, l'Amérique croient que nous avons une dent d'Allah contre eux. Que nenni. La dent d'Allah, nous l'avons d'abord contre les ahuris qui nous servent de parents. Viennent ensuite la flicaille vérolée qui nous vole notre shit, les Benkhra indégommables, beaux parleurs amateurs de costards italiens, leurs cousins et complices, les Benlamerd dévots, bardés de hadiths apocryphes, qui carburent aux devises et à la cocaïne pure à 98 %. Nous sommes la génération des déglingués qui roulent, camés, poudrés et déjantés, pour l'étendard noir frappé d'une tête d'aigle. Nos sœurettes consentantes s'empiffrent de bites. Nos frères sodomites se régalent de petits culs mal torchés et la mort a cessé d'être un problème.

Ma génération se sait condamnée à mourir avant la trentaine. Notre obsolescence est inscrite sur notre acte de naissance. Ceux qui sont partis comme ceux qui sont restés, tous ont choisi d'embrasser Satan sur la bouche, dans la fureur des bombes et des lamentations. Car Satan a été le seul à nous proposer un job sympa, de la came à gogo, du cul halal, des joujoux coûteux et des poussées d'adrénaline jubilatoires. Il sait, et nous aussi, que l'enfer est notre maison commune et ultime.

Bien que vivant à demi cloîtrée, il m'arrivait de monter sur le toit de la fétide baraque louée à Mellassine, pour étendre le linge. Je commençais à me dire qu'il fallait que je me tire au plus vite de ce quartier assailli par des moustiques saturés de paludisme et de déprime. L'humidité nauséabonde de ce coin de Tunis est légendaire même si j'avais l'impression que c'était l'odeur naturelle de cette cité effrayante de laideur.

De mon toit, j'avais une vue plongeante sur le patio de la maison voisine. Il était rempli de pots en terre cuite. Des pots de toutes les tailles possibles, vert bouteille, bleu outremer, jaune citron, rouge carmin, orange pâle, mais aucun n'était peint en noir. Y poussaient allègrement des arbres et des plantes, plusieurs aromates et même quelques courges et patates, le tout assemblé en un bouquet improbable de couleurs et de senteurs féeriques.

L'indécrottable citadine que j'étais a réussi à reconnaître trois citronniers adossés à un grand mûrier, un jeune palmier coincé entre des pieds de vigne, des oliviers, beaucoup d'oliviers, un néflier majestueux, un grenadier rigolard, un pommier effarouché, un amandier étourdi qui avait fleuri hors saison, un abricotier nonchalant, un prunier chanteur et même un cerisier au port impérial. Il y avait des rosiers touffus où pointaient des taches écarlates. J'y ai vu des iris et des arums, aussi.

J'en ai pleuré. Des larmes longues, grosses et sans voix, surgies de je ne sais quelle faille. Quelle main avait fait verdir ce minuscule Éden en pleine cuisine du diable ? Durant des semaines, je suis montée sur le toit tous les jours, soit quelques instants avant le lever du soleil, soit juste avant le crépuscule. J'ai vu la lumière faire, défaire et refaire les couleurs, les branches, les feuilles, les fleurs et les fruits, dans ce modeste coin de verdure où les abeilles venaient comme moi s'abreuver de bonheurs sucrés.

Mes instants de contemplation n'ont pas échappé à Tante Mahbouba, la vieille propriétaire des lieux. Elle savait que je suivais attentivement la vie qui grouillait joyeusement dans son jardin, de l'éclosion des boutons de rose jusqu'à l'apparition de la première feuille de vigne dès février. Elle n'a jamais levé la tête pour ne pas embarrasser ma silhouette brouillonne qu'elle avait fini par distinguer, blottie derrière le petit dôme écaillé d'où s'échappaient les effluves de sa cuisine.

Khalti Mahbouba me laissait la regarder remplir des bols et des bassines pour que le merle vienne s'y laver et le pigeon s'y désaltérer. Elle me permettait de l'écouter accueillir les premières hirondelles avec des « Louange à Toi, Dieu Magnifique ! Louange à toi, Prophète de la Miséricorde » débordant d'une profonde gratitude.

Et, un jour, elle a collé une longue échelle en bois contre le mur mitoyen, m'invitant tacitement à descendre la retrouver dans son patio enchanté.

La vieille dame n'était pas très bavarde. Elle me recevait comme on accueille un oiseau tombé du cœur de l'orage, grelottant de froid et de fièvre. Le patio était en quelque sorte la salle d'apparat de sa bicoque, qui comptait juste une grande chambre à deux lits, une minuscule cuisine et des toilettes turques d'une propreté chirurgicale.

Elle a deviné que je ne pouvais m'absenter trop longtemps et s'est piquée d'apprivoiser l'Algérienne que je suis en me servant des cafés turcs à l'écorce d'orange, des kaak warqa, ces gâteaux à la pâte diaphane fourrés d'amandes, parfumés à l'eau d'églantier et qui sont devenus ma pâtisserie préférée. Je m'empiffrais surtout de ces crêpes berbères nommées baghrirs que mon père adore et qu'elle appelle ghraïefs. De ma vie, je n'avais goûté à des baghrirs aussi légers et onctueux, saupoudrés de sucre et dégoulinants de beurre fondu. Tante Mahbouba me regardait engloutir ces merveilles en souriant, ajustant machinalement ses lunettes de vue bon marché, comme pour se donner une contenance.

Afin de me distraire ou me consoler de la voie de garage où je m'étais retrouvée, elle me parlait de son diabète, des médocs génériques et totalement inefficaces fourgués par le dispensaire du quartier au toit éventré, de sa fille Radhia qui travaillait dans l'une des meilleures pâtisseries du centre-ville. Elle me disait craindre de perdre la vue ou d'être amputée d'une jambe.

— Non, je n'ai pas peur de la mort, s'empressait-elle de préciser en riant. Ni de la souffrance. Elles font partie du pacte établi avec Allah… Mais j'espère ne pas alourdir le fardeau de Radhia. J'aurais tant voulu la voir mariée, aimée, installée.

Elle a hoché la tête en signe d'approbation quand je lui ai dit avoir avoué à mon mari la raison de mes longues « disparitions » :

— Je sais bien que mentir est tentant et souvent vital. Mais le mensonge est salissant. Tu n'as rien à cacher… Respire, fillette !

Elle a su que je n'aimais ni mon mari, ni le pays, ni le quartier, ni le voile que je portais. Tout dans ma vie n'était qu'un pis-aller en attendant quelque chose ou quelqu'un. Elle souriait et répliquait :

— Pour le mari, c'est compréhensible. Pour le quartier, à la rigueur. Pour le voile, tout à fait d'accord que c'est une connerie. Pour le pays, je ne te le permets pas parce que mon pays m'est très cher… C'est peut-être toi qui t'entêtes à choisir les impasses. Découvre la source de ta peur avant de te découvrir la tête.

J'ai fini par enlever mon voile en sa présence, ai recommencé à parler sans hoqueter. Pendant une heure ou moins, ma respiration se calait chaque jour sur le rythme de la sienne et cela me défroissait le plexus. Mes brûlures d'estomac ont cessé de me tenir éveillée et j'ai jeté les flacons de Maalox à la poubelle.

Quand j'ai demandé à Khalti Mahbouba, dont les tatouages gravés sur le front, les joues et le menton et aux motifs quasi amérindiens commençaient à pâlir, comment elle avait pu faire tenir tant d'arbres et de plantes dans son patio lilliputien, elle s'est frappé la poitrine et a affirmé le plus simplement du monde :

— Je les plante là. Moins tu as d'espace dehors, plus c'est vaste dedans.

Un jour de janvier pluvieux, juste après la prière de l'aube, un sanglot éraillé a vrillé le mur mitoyen et m'a serré le cœur dans ses griffes d'acier. J'ai sauté du lit, grimpé pieds nus le grossier escalier en briques crues qui menait au toit. Une jeune fille tenait Khalti Mahbouba contre elle, lui embrassant les mains et les pieds en suppliant :

— *Mama* chérie ! Ne t'en va pas ! Ne m'abandonne pas ! *Mama*, qui va s'occuper de tes vignes et de ton mûrier ? *Mama*, réponds-moi ! Qu'est-ce que je vais dire aux hirondelles ?

Alors, étrangère ou pas, voilée, masquée, maquée ou non, je me suis habillée à la hâte, ai enfilé mes baskets sans chaussettes et enjambé le muret qui séparait les deux terrasses. J'ai glissé tel un chat le long de l'échelle et atterri au milieu du patio. J'ai aidé la jeune fille éplorée que je voyais pour la première fois à porter sa mère dans la grande chambre. Nous l'avons étendue sur le kilim usé tissé avec des lanières de vieux chiffons, la tête orientée vers l'ouest en signe de renoncement aux levers du jour. Radhia a recouvert sa mère du fameux sefsari tunisien en soie couleur beurre frais et c'était comme si elle avait allumé une lampe de cinq mille volts dans la modeste pièce au plafond trop bas. Le corps menu de ma vieille amie pouvait certes tenir dans le creux d'une main. Mais l'âme qui l'avait habité avait visiblement l'immensité d'un ciel exempt de déchirures.

Plus tard, j'ai entendu distinctement une poulie grincer, un seau tomber et heurter l'eau au fond d'un puits qui n'existait pas. J'ai entendu le claquement d'un qobqab – le sabot local en bois – traverser le patio. J'ai vu les hirondelles arriver par groupes de sept, tournoyer par-dessus le sefsari immaculé et partir sans un cri. J'ai vu les arbres s'incliner, les fruits retenir leurs larmes et des fourmis surgies de nulle part déposer délicatement des brins de lavande aux pieds de la morte.

Alors, quand les croque-morts barbus se sont pointés pour laver Tante Mahbouba et lui coudre un linceul en psalmodiant leurs inepties, sa fille s'est dressée tel un cobra royal et leur a interdit de franchir la porte de la chambre sacrée.

— Ma mère ne vous aimait pas, leur a-t-elle jeté. Elle n'aimait ni votre voix, ni votre odeur, ni vos déguisements. Dehors, kouffar impudents ! Vous ne la laverez pas. C'est moi qui vais le faire.

— Tu croupiras en enfer, mécréante ! a glapi la laveuse niqabée mise sans ménagement à la porte.

— Tant que vous n'y serez pas ! a rétorqué Radhia, sous les regards et les chuchotements hostiles des voisines timorées à l'haleine fétide.

Elle m'a demandé de l'aider à accomplir les ablutions funéraires et j'ai accepté sans trop savoir comment cela se faisait. Je n'ai rien compris à ses gestes rituels. Tout ce que j'ai vu, c'était une fille qui berçait son bébé et consentait à le rendre, propre et apaisé, au Dieu des hirondelles et des mûriers.

C'est là que j'ai su qu'il me fallait tout de suite quitter le voile du mensonge comme un serpent quitte sa peau. L'heure de la mue a sonné dans ma tête comme ces premières notes de la *Toccata* de Bach qui avaient terrorisé mon enfance, quand je regardais la série animée *Il était une fois... l'Homme* sur Canal Famille. Dans ma baraque bouffie par l'humidité, aussi. En rentrant des funérailles de Tante Mahbouba, j'ai trouvé une maison vide, un gros étron marron-gris collé aux parois des toilettes et une penderie délestée de tous les effets de Wael. Il était parti en me laissant une liasse de billets, quelques caleçons et joggings puants oubliés sous le lit. Légèrement sonnée, j'ai erré de la cuisine aux toilettes, du bout du corridor jusqu'à la chambre à coucher. Sans avoir rien mangé ni bu, je me suis sentie au fil des heures plus légère et comme éméchée. Vers minuit, totalement insouciante de la précarité de ma situation, j'ai mis à fond la caisse l'antédiluvien « Get No Satisfaction » des Stones et hurlé à la gueule du monde ma joie de chienne enfin libérée, sans égard aucun pour le deuil de ma voisine désormais orpheline.

2

EN PAYS VIRTUEL

Épouse plaquée, chimiste ratée, Algérienne égarée au bord d'un lac à l'odeur pestilentielle, que vouliez-vous que je devienne ? Puéricultrice, masseuse, joueuse de billard, vendeuse de casse-croûte *ayari* – un sandwich local rempli de thon, morve, crasse, poils de cul, œufs pourris et salade avariée ? Je n'avais aucune idée de ce que j'allais faire de mes journées aussi larges que vides.

Un dimanche après-midi, je suis tombée sur Radhia, la fille de Tante Mahbouba, au hammam. Elle papotait avec une autre voisine, Chahd, connue pour son surnom « Multiprise » qui rendait hommage à ses frasques et ébats multiples et hétérogènes. Elles trônaient dans la salle chaude, en culotte et soutien-gorge, les pieds fichés dans des bassines d'eau brûlante. Très brune, presque noire de peau, Chahd avait les traits fins et le verbe franchement grossier. Elle a attaqué bille en tête :

— Dis donc, l'Algérienne, quand est-ce que ton mou de la bite de mari compte me rendre mes dessous en soie, mes faux cils et mes escarpins ? Cela fait deux mois que j'essaie de le coincer pour lui tailler au cran d'arrêt un vrai *zok* de nana comme il en rêve !

Rouge de fureur et d'humiliation, j'ai répondu :

— Je n'en sais rien. Je ne l'ai plus vu depuis la mort de Tante Mahbouba.

— Le pédé a eu le courage de te larguer ? *Mabrouk*[1] ! Te voilà débarrassée d'un boulet... Tu l'as pas remplacé ?

— Comment ça, remplacé ?

— Ben, tu te prends un amant qui t'entretient ou tu vas sur les sites de rencontres chercher le gogo qui te paieras les restos, les sous-tifs de luxe et les voyages à Istanbul.

— Mais je suis mariée !

— Mariée, toi ? *Yezzi blè qohb !* Arrête tes débilités et secoue-toi les miches. Prends un pseudo et va sur Internet. Toutes les filles le font, surtout les très mariées. Tu y gagneras en fortune, esprit et entrejambe.

Son conseil gracieusement jeté à la buse que je suis, Chahd s'est versé un seau d'eau sur la tête, la conscience pas plus troublée que si elle m'avait refilé un cachet contre la migraine. J'ai essayé d'accrocher le regard de Radhia pour savoir ce qu'elle en pensait mais elle a fait semblant de fixer autre chose, évitant mes yeux et me refusant sa caution comme son secours.

1. « Félicitations ! »

Je suis Capricorne de signe, Vierge d'ascendant. Autrement dit terrienne, aussi peu portée sur les abstractions que sur les longues pérégrinations intellectuelles. Seul le concret me convient, me rassure et me remet à l'endroit quand je dévie de ma trajectoire, bousculée par une rencontre, une crainte ou une hésitation. On peut m'accuser de manquer d'imagination et cela ne me dérange pas. La seule dérogation que je m'accorde est le crédit quasi religieux que je donne à l'astrologie. De là le peu d'attention que j'ai prêté au conseil de Chahd, la Multiprise, d'entrer dans le monde des rencontres virtuelles.

Pourtant, un soir de guigne et de blues, j'ai branché l'ordinateur de Wael et l'ai redémarré. Il était verrouillé. J'ai tenté plusieurs combinaisons comme mot de passe avant d'aller farfouiller dans les survêtements informes de Wael, où j'ai fini par trouver un papier froissé glissé dans une poche arrière, avec une liste de mots entrecoupés de chiffres et de signes mathématiques. Je les ai essayés tous et l'ordinateur a accepté de s'ouvrir et d'afficher un bureau vide de tout dossier. Mon fourbe de mari avait tout effacé. Nulle trace de ses mails, historique de discussions ou de recherches. Ulcérée, j'ai décrété que je n'étais pas plus bête que le fils de pute qui m'avait laissée en rade. J'ai créé mon propre compte Facebook et commencé à appliquer les conseils de Chahd. Un monde effarant de fantasmes et de pépètes facilement gagnées s'est ouvert sous mes yeux incrédules.

Le mode d'emploi est invariable : s'incruster dans les plateformes islamistes, reluquer les clips de Daech, suivre le chat de cul qui défile à droite de l'écran et les pop-up qui s'ouvrent et se ferment sur des bites et des chattes de toutes les races et couleurs. La drôle d'humanité férue de piété et de têtes coupées s'y agite, supplie, drague, se masturbe en live, propose des plans, des liasses et des capsules de drogue frelatée. Un déluge d'indécences surchauffe tous les soirs les nerfs de cette pauvre Tunis bouffée de fièvre jaune et faisait pousser sur ma peau des fleurs vénéneuses.

J'ai créé des dizaines de comptes, pris un tas de pseudos, rempli des questionnaires censés tout révéler de moi, du petit grain de beauté qui ponctue mon cou jusqu'à mes prétendus traumatismes et cauchemars. Mais personne ne savait qui j'étais en vrai. À part les Amerloques, les Chinetoques ou les Fromages qui puent, peut-être, qui, aux dires de Wael, nous tracent et nous traquent sans répit.

J'ai prétendu chercher « l'âme sœur », moi qui ne suis plus sûre d'en avoir une à faire valoir auprès de l'Éternel. Tout ce qui m'intéressait, c'était de ramasser assez d'argent pour me tirer de cette ville de zombies. Peu à peu, les refoulés et les vicelards du pays et même d'ailleurs ont commencé à connaître « Coquelicot », à apprécier ses minauderies lascives et à s'embarquer dans ses bobards couleur rose bonbon.

Coquelicot était mon premier pseudo. Con comme la lune, bébête et sans prétention. Des pédants ont prétendu y trouver un parfum du Japon. Personnellement, je ne me souviens pas d'avoir vu des coquelicots dans les estampes japonaises. Des cerisiers en fleur, des vagues monstrueuses, des têtes aux yeux étirés où l'on a du mal à démêler le masculin du féminin, oui, j'en ai croisé, mais des coquelicots, jamais. Vraisemblablement, le Japon n'en a rien à branler des romantismes bédouins.

Coquelicot était née à Marseille et répondait en français à ceux qui sollicitaient son amitié. Elle avait des mensurations de mannequin et le cœur d'une maquerelle des bas-fonds oranais. Elle attendait, planquée derrière l'écran, telle une mante religieuse, de tomber l'esseulé qui cherchait consolation contre monnaie sonnante et trébuchante.

Mon premier client a été Fouad. Il a affiché sa photo, fier de ses moustaches drues, ses cheveux longs, ses yeux gris. Il était comptable. C'est la mention « sud de la France » qui l'avait attiré. Une simili-Française n'a forcément pas de tabous ou de préjugés. On peut l'inviter à se mettre à poil, se tripoter, se doigter sans prendre de gants. Il s'est masturbé, s'est essuyé avec une serviette en papier puis m'a demandé si je pouvais l'aider à décrocher un visa pour la France. Comment ?

Par le biais d'un mariage blanc, pardi. Je l'ai zappé et me suis juré de ne plus jamais laisser jouir un mec gratos. Il revenait périodiquement me harceler comme tous ceux que j'avais éjectés pour un motif ou un autre. Les mecs sont de vrais pots de colle quand ils font une fixette.

Le deuxième a été Akli, un professeur originaire de Jijel. Je me suis laissée aller à un petit aveu – *Je suis kabyle aussi.* L'écran a explosé illico en V victorieux phosphorescents. Sa névrose à lui, c'était Jésus. Il voulait et allait se convertir. Sur une plage. La nuit. *Ah bon !* je lui ai répondu. Pourquoi la nuit ? Sans église ni prêtre ? Non. Juste un pasteur. Il ne serait pas un vulgaire papiste mais un franc protestant. Qui sait, un jour, il serait pasteur à son tour, s'établirait en Écosse ou au Montana, bâtirait une église en bois et célébrerait la messe en kabyle.

Mais alors pourquoi traînais-tu, pauvre âme, sur des sites porno islamistes ? Parce qu'il cherchait une femme pieuse, droite, une âme qui le suivrait avec armes et bagages chez les chrétiens et s'abstiendrait de tuer les moutons.

Il m'a fait promettre de garder le secret. J'ai promis, juré puis suggéré qu'il se fasse plutôt mormon et aille trouver Jésus à Salt Lake City. Cela avait plus de gueule, je trouvais, que je lui ai dit. Il m'a bloquée tout de suite, le bougre. Un tel manque d'humour était quand même regrettable chez quelqu'un qui croyait Jésus capable de le sauver de l'Algérie.

Il m'arrivait de penser à lui et d'espérer qu'il ait pu partir, qu'il n'a pas été dénoncé, battu, empalé et jeté du haut d'une crique.

Puis il y a eu Sofiane, homme d'affaires plein de morgue et de préjugés qui me parlait comme à une esclave noire dans une Géorgie d'avant la guerre de Sécession. Je lui ai dit que ma pudeur de Bédouine m'interdisait de discuter cul avec un inconnu. Il en a hurlé de rire et m'a adressé des doigts d'honneur sarcastiques. Je lui ai dit rêver du manège Dahdah, des bazars du Lac 1. Il a fulminé :

— On ne dit plus bazar, la paysanne ! C'est quoi, ces putes qui sentent la bouse de vache ?

— Si tu m'emmènes au manège, je te montre ma chatte, que je lui susurrais.

Il s'est étranglé, furieusement tenté, mais convaincu que je me foutais de sa gueule.

— Laisse tomber le manège. Envoie-moi cent dinars par mandat télégramme sur mon numéro de téléphone.

— Cent dinars pour une photo de ta chatte, *ya qahba*[1] ? Elle est incrustée de rubis, peut-être !

— Cent dinars pour que ta pine se dresse, connard ! j'ai rétorqué.

— Et qui me garantit que tu vas le faire, salope ?

1. « Prostituée ».

— Je ne suis pas une arnaqueuse. Je crains Dieu, moi. Allez ! Tu en meurs d'envie ! Ne fais pas ton pingre, vieux barbon !

Il a fini par lâcher la somme demandée en hurlant à l'abus tel un goret.

Mais il s'est piqué au jeu. Il m'abreuvait d'insultes. Je les lui rendais en plus vaches et plus sordides. Il m'envoyait les mandats. Je les encaissais et le laissais deux jours en rade puis me repointais avec des « *Samahni*[1], toutes mes excuses ! J'ai eu mes règles ». Il suffoquait, blasphémait puis devenait gentil comme un toutou, suppliait pour avoir non plus une photo mais juste une conversation. « Parle-moi, lançait-il d'une voix geignarde. Dis-moi que je suis un *tahhane*[2], un taré, une salope. Je t'enverrai tout le fric que tu veux. » Je m'en acquittais avec la désinvolture des tortionnaires. Il jouissait sous mes insultes comme on jouit sous le fouet ou sur un pal, en de longs jets interminables, presque reconnaissants.

J'ai commercé avec Hamdi, l'intello qui signait pompeusement ses bafouilles publiées dans une revue confidentielle par un prétentieux « Averroès », et Philippe, un Breton paumé de naissance qui faisait du bénévolat en Tunisie et y vivait comme accroché par une pince à linge à un quotidien dont il ne décodait ni les horreurs ni les mesquineries évidentes.

---

1. « Pardon ». 2. Cocu, maquereau, couard.

À part les sous que j'apprenais à soutirer aux hommes, j'engrangeais quelque chose qui n'avait pas de prix : la certitude de pouvoir disposer de ma vie comme je l'entendais, sans que plus jamais personne vienne me dire quoi faire ou penser, quoi dire ou taire. J'avais enfin découvert la force de ceux qui n'ont plus de visage à scruter dans le miroir.

Les hanches bien serrées dans une fouta rouge sang et les pieds glissés dans des tongs en plastique mises à la disposition des baigneuses – qui remplacent les anciens qobqabs en bois –, je croisais de temps en temps Chahd, la Multiprise, au hammam. Elle m'embrassait toujours bruyamment comme font les chiens abandonnés.

Ses seins en poire s'étaient un peu affaissés et elle avait des bleus partout.

— Un amant jaloux ?

— Mon connard de père, plutôt !

— Ton père ? !

— Oui, le *tahhane* de sa race nous a rappliqué sur la gueule après dix ans d'absence en Libye, avec rien dans les mains. Ce sale renifleur de cirage veut que je lui paie son shit et ses putes. Je l'ai tabassé avec le rouleau à pâtisserie chouré chez Radhia. Il est allé se plaindre aux flics qui m'ont convoquée et tabassée à leur tour.

J'ai éclaté de rire. Elle aussi.

Elle savait, depuis, que j'étais moins coincée que je n'en avais l'air. Elle venait souvent chez moi fumer un joint, sniffer une ligne de farine ou descendre un pack de bières. Dès que sa tête trouvait son point d'équilibre, comme elle disait, elle devenait moins agressive, moins amère et moins cynique. Elle cessait même de déverser des grossièretés. Elle me posait des questions, non par réelle curiosité mais plutôt par compassion :

— Ils t'ont dit des cochonneries ? Ils t'ont montré leur sexe ? Ne leur en veux pas. Ils n'ont que cela à montrer. Tu as remarqué que leur bite est leur bonne à tout faire, tout dire, tout arranger, tout supporter, tout dénigrer, tout ponctuer ? Leur têtard leur fait inventer des blagues, leur sert à pisser debout et à éjaculer sans attendre que la nana vienne. C'est l'émerveillement que Dieu leur a offert gratos, un jour où Il était d'humeur gaspilleuse.

— C'est leur virilité, *ya jiddek*[1] !

— Ils n'ont que leur zeb à la bouche. Même s'ils placent des « *nammi*[2] » et des « *zoks*[3] » par-ci, par-là pour se rincer la gorge.

— Des « *asbas* » aussi, que je ne connaissais pas avant de venir à Tunis. Je n'ai jamais compris ce que c'était.

— *Asba* sur ta tête, l'Algérienne ! C'est le même menu : une merguez et deux œufs au plat, servis avec frites et mayonnaise ou frites et harissa.

---

1. Juron. 2. Synonyme pour désigner le phallus. 3. Idem.

— Chez vous, même les nanas disent « *ya zobi* », *ya Rabbek* !

— Ne parle pas comme ces tarés de Français qui ont un arabe de troufions ! En Tunisie, tu dis « *ya zebbi* ». Comme ça, tout le monde comprend que tu l'as longue, grosse, pointue et qu'elle va loin dans la mécréance.

J'ai hoché la tête, presque convaincue.

Elle est venue un jour me demander si je connaissais un médecin. J'ai cru qu'elle était enceinte. Elle s'est énervée :

— J'ai une gueule à tomber enceinte, moi ? Je te dis que j'héberge un cobra chez moi, un père qui raconte partout que sa fille est docteur. Il tient un registre de rendez-vous, *ya* Madame, chez le vendeur de fruits secs, et se fait payer trois dinars par tête de pipe. Je me suis débrouillé un paquet d'ordonnances vierges... Tu vas m'écrire dessus n'importe quelle connerie en français de toubib et je te paie rubis sur ongle.

Elle a ajouté un « s'il te plaît » si désespéré que j'ai dû céder tout en protestant :

— La flicaille va nous coffrer, toi et moi, et nous niquer la gueule et la *terma*[1] avec une queue de billard, *wallah* !... Et puis, tu ne vas pas me faire croire que tu ne sais pas embobiner un médecin ? Vous en avez une chiée à Tunis qui ne demandent qu'à palper.

1. « Cul ».

— J'en connais une tapée, de ces tueurs en série. Mais ce sont des mecs, et les mecs, c'est méchant et blablatant. Ils vont d'abord m'enculer, me donner des ordonnances bidons puis me balancer à la police. Toi, tu ne fricotes avec personne et tu « frances » bien, à l'oral comme à l'écrit. Surtout, tu sais la fermer.

Allez savoir pourquoi une Multiprise qui s'était tirée de l'école avant même d'avoir ses règles, qui savait cogner, jouer du cran d'arrêt et cracher à la gueule de la flicaille éprouvait le besoin de couvrir une merdouille qui se disait son père. Allez savoir pourquoi j'ai accepté d'aider une nana paumée, camée jusqu'aux yeux, au risque de me mettre la police sur le dos et de me faire expulser de ce pays d'arnaqueurs à coups de pied au cul.

Elle s'est ramenée avec son paquet d'ordonnances fauchées à un généraliste diplômé de la faculté de médecine de Montpellier et j'ai griffonné dessus des formules chimiques avec une écriture de psychopathe. J'ai refusé l'argent de Chahd et ses joints, lui demandant juste de faire attention à elle.

Évidemment, personne n'a cru que Chahd était toubib mais tout le monde a fait semblant de croire son père. Les gens ont acheté au vieil ivrogne un charabia illisible couché sur du papier médiocre à trois dinars pièce, comme on achète les feuilles de brick à la douzaine : pour ne pas abandonner les bonimenteurs séniles au bord de la route. Eux aussi ont le droit de se shooter sur le pas de leur porte sans qu'on vienne leur chercher des poux.

On en a ri, Chahd et moi, à s'en péter le cœur. Elle a hoqueté, hilare, en se roulant par terre :

— Au pays des merguez, tout le monde entube tout le monde sans salive, sans rancune et sans douleur !

Ce que j'aimais par-dessus tout chez Chahd, c'était son entêtement à chanter faux le « Ya dhalimni » de Oum Kalthoum. Faut dire qu'il en faut, des couilles et de la caisse, pour escalader une telle pyramide de gammes qui passe allègrement du grave à l'aigu et de l'aigu au grave, sans reprendre souffle. Elle y mettait une détermination et une conviction qui forçaient le respect et s'applaudissait à la fin de chaque couplet, sanglotant d'un inconsolable sentiment d'injustice. Je me contentais de l'écouter massacrer les modes et les mots tout en faisant la popote ou une lessive, attendant patiemment qu'elle passe à autre chose. Elle adorait aussi dézinguer ses congénères et se piquait de m'apprendre à survivre à leurs petitesses.

— Mets-toi dans la tête que les gens jouissent littéralement quand ils peuvent te baiser la gueule, te l'enfoncer profond pour un dinar, une casquette, un stylo ou un pétard. Ici, tout est faux : les culs, le baratin, les poses, les promesses, les accolades, les seins, les cils, les contrats de mariage, les virginités. C'est du vent, du toc.

— Je sais. Les déclarations fiscales et le taux de change aussi.

— Voilà ! Seule la mort est vraie dans ce bled où le fric coule à flots et où personne ne travaille. Il n'y a que les nanas pour se crever le cul et ramener un salaire. Les bonniches comme les profs. Toutes triment pour entretenir qui un père, qui un frère, qui un mari, qui un maquereau qui ose l'appeler maman.

— Chez nous aussi, c'est pareil, t'inquiète.

— Nous sommes mauvais, l'Algérienne. Si mauvais que les légumes en pourrissent dans les champs. Et nous nous détestons les uns les autres, à s'en crever les yeux. C'est fou, la haine qui déborde des égouts et coule des robinets. Heureusement que nous sommes des couards patentés. Autrement, on se serait exterminés à coups de machette en pleine avenue Bourguiba.

Elle s'allumait invariablement une cigarette quand elle allait trop loin dans l'insulte des siens, puis enchaînait :

— Je ne suis pas différente. Moi aussi, je suis une *qahba*, une minable pute qui s'aplatit devant un père moitié escroc, moitié sénile. Pourquoi ? Parce que j'ai pitié de lui, l'espèce de gros caca puant. Tu sais qu'il se pisse dessus, qu'il a peur du tonnerre et du chien galeux de Hafsia l'épicière ? Il va certainement mourir écrasé par une voiture ou un train, un soir de démence.

— Tu es quand même un chouïa maso, je trouve.

— Ciiiii Vriiiii ! Et probablement niquée de la tête, aussi. Je n'ai pas consulté mais je me soupçonne d'être gravement maboule.

— C'est l'alcool et les joints qui te foutent en l'air.

— Ne blasphème pas, l'Algérienne ! Sans l'alcool et le shit, que vaudrait ma vie de paumée presque illettrée ? Je turbine douze heures par jour pour trente dinars. Il n'y a que les Noirs pour bosser plus que moi. Et ils ne sont pas mieux payés.

— Moi, ils me collent la trouille, tes Noirs. Un de ces quatre matins, ça va finir en carnage.

— Une Algérienne qui a peur, *ya zebbi*, ça existe ? On aura tout vu !

En vérité, ce qui m'effraie le plus quand je marche dans cette ville couverte de cloques, c'est que je ne vois travailler que des Noirs. Ils sont sur les chantiers, font la plonge, le ménage et torchent le cul des vieux. Comme à Alger, les jeunes aux bras et crânes tatoués se disent sans travail, passent leurs journées scotchés sur des chaises crasseuses à siroter un jus de chaussettes et à tripoter leur Samsung, Huawei ou iPhone dernier cri. Ils fument des clopes algériennes bourrées d'ammoniac qui leur bousillent les reins et les poumons en moins de trois ans. Chahd le savait, elle qui ne fumait que des cigarettes volées au free-shop. Elle me répétait, faussement badine : « Moi, faire confiance aux Algériens ? Plutôt me couper un bras. *Khawas*,

Khawas[1], qu'ils disent ! De faux frères, oui ! » Elle avait raison. Personne n'est frère de personne en ce bas monde. Ni chez Marx ni chez Mahomet. Et encore moins dans ce dépotoir putride qui va de la mer à la merde, où les hitistes se réveillent à 13 heures le visage enflé telle une couille fripée, traînent de mur en pierre en mur virtuel, bestioles malsaines et malheureuses que personne ne se décide à exterminer au napalm ou à l'uranium appauvri. Heureusement que les drogues et alcools frelatés s'en chargent avec une redoutable efficacité.

Prudente, j'ai évité de parler à Chahd, pourtant si attachante, de mes incursions sur Internet, même si j'étais sûre qu'elle aurait été solidaire de mes fureurs comme de mes dégoûts. Ni elle ni moi n'avions de respect pour les faux Averroès qui nous envoient à la tête, entre deux « *bonita* », le nom fleuri qu'ils donnent à la branlette, leurs théories complotistes, leur haine de l'Amérique et leur solidarité larmoyante et mensongère avec les humiliés et les offensés. Ces trous de cul qui traitent les femmes de « *noqba* » et de « *chaqfat boul* », pots de chambre qu'ils sont eux-mêmes, ne sont que des *tahhanas* saligauds qui méritent qu'on leur mette la tête dans un étau et qu'on serre jusqu'à ce que leurs yeux s'éjectent de leurs orbites.

1. « Frères ».

Dans cette tambouille arabo-berbère, Philippe naviguait, solitaire et inénarrable, en haute mer guignolesque. Ce *Gaouri* inoffensif et inconscient de la valeur de l'argent m'envoyait mille dinars à chaque fin de mois pour que j'alimente sa tronche de Breton en fantasmes orientalistes surgis des vapeurs des hammams féminins. Un connard tunisien lui ayant appris deux mots d'argot synonymes de « pute », il me les servait à tout bout de champ pour faire son « intégré », sans même se rendre compte du ridicule de sa situation :

— Je te vois, va ! Je te vois au milieu des *chiouettes* et *tichettes* à la chair ferme et au toucher tendre, odorantes comme du pain chaud… Ah, les peaux couvertes de gouttelettes telle une bonne bière fraîche, les seins qui frissonnent sous l'eau, les amandes qui s'ouvrent, les fentes récurées comme des sous neufs… Ah, baiser une nana qui sort du hammam, c'est comme baiser toutes les putes avec son seul braquemart.

Au roumi bellâtre qui ne savait pas où il créchait, je décrivais mes prétendus plaisirs solitaires, ma salle de bains avec glace à pied où je me reflétais lascive ou aguicheuse, impérieuse ou effarouchée.

— Ouvre la caméra, s'il te plaît, hurlait-il au bord de l'apoplexie. Ouvre ! Je vais exploser.

Je refusais. Je prétendais craindre un mari jaloux et sadique qui me battait comme plâtre avant de m'enfiler sans mouille ni préliminaires, de la prière du soir jusqu'à celle de l'aube. C'est là qu'il explosait en de longs râles extasiés qui me faisaient sourire, compatissante. C'est fou ce que certains roumis, généralement les plus racistes ou simplement les plus naïfs, adorent les histoires de femmes arabes réduites à des objets sexuels, victimes de maltraitance et d'abus ménagers.

Avec Philippe, je la jouais douche écossaise. Je pleurais un Orient doré qui n'était plus, aux poufs en cuir brodé, arabesques et arcades, jets d'eau, étoffes rares et babouches. Puis, sans crier gare, je parlais de l'Algérie. Une Algérie barbante et obtuse avec son « *Qassamen ten ten*[1] » et son « FLN, on te l'enfile jusqu'à l'aine ». L'Algérie des femmes enceintes éventrées, de la gégène et des fusillés.

Cela ne ratait jamais. Philippe freinait sec, se taisait, se réduisait en toussotements étouffés convulsifs tandis que je me marrais en douce. Je lui concédais un court répit avant de maudire un FLN véreux et totalitaire, et dans la foulée le socialisme, la réforme agraire, le FIS assassin, la police et les services secrets. Alors il respirait et jubilait. Il renchérissait sur le thème de « l'Algérie-qui-n'a-rien-su-faire-de-l'indépendance-que-nous-lui-avons-donnée-bien-que-nous-étions-vainqueurs ». Je lui lâchais la bride et le faisais galoper un peu puis tirais brutalement sur le mors, lui faisant ravaler ses insanités. Je lui demandais, traîtresse, si

1. Hymne national algérien, suivi d'une onomatopée pour rimer avec la dernière syllabe du mot « *qassamen* ».

le terrorisme n'était rien de plus que la réplique sismique du colonialisme. Invariablement, Philippe se confondait en excuses pathétiques puis coupait court à la discussion en prétextant une course urgente ou un rendez-vous oublié.

Je restais souvent songeuse après son départ, me sentant sale et rabougrie, me détestant de justifier l'injustifiable et l'intolérable, juste afin de contredire un pauvre diable qui ne ferait pas de mal à une mouche et me payait grassement pour occuper ses soirées de solitaire, trop timide pour aller boire et tirer un coup quelque part, à Sousse ou à Hammamet. J'ai même failli lui proposer de nous rencontrer, de nous parler en terrain presque neutre de ce qu'étaient devenues sa France et mon Algérie. J'ai eu envie de lui raconter à lui, le définitivement jumeau, l'irrémédiablement étranger, le totalement parallèle, non pas les reproches et les occasions perdues, mais nos fantasmes croisés et les ballots de déceptions qui faisaient de nos jours des Toussaint et de nos rires des bennes à ordures. Je ne l'ai pas fait pour ne pas déborder du cadre et perdre les mille tickets qui me permettaient de garder la tête hors de l'eau.

Parmi tous les tarés que j'ai racolés sur Internet, les islamistes étaient les moins aptes à susciter compassion ou sympathie. Quelque chose en eux les rendait méchants comme la teigne, cupides, envieux et irrémédiablement crétins. Ils résumaient toutes les tares qui me font vomir mes frères de race, de Dunkerque à Tamanrasset, et ce avec l'arrogance et la véhémence notoires des ratés qui se savent indécrottables et répulsifs.

C'est Chahd qui a eu les mots justes pour décrire les barbus. Elle l'a fait avec la désinvolture de ceux qui ont si souvent croisé la mort au coin de la rue qu'ils ont fini par lui dire bonjour ou lui cracher à la figure. Passablement éméchée, une authentique Marlboro fichée au coin du bec, elle a distraitement laissé tomber :

— Tu sais, je me souviens de mon maître d'école coranique, Sidi Abdelhaq. Il était beau et sévère, nous parlait de Dieu et des prophètes avec une voix qui nous lavait de l'encre, de la pisse et des cauchemars. C'est lui le premier qui nous a mis en garde contre ceux qui parlent trop du Prophète pour Lui être fidèles, invoquent trop souvent Dieu pour y croire. Il nous a mis en garde contre la génération mécréante où les crapules se prennent pour Rabbi *himself* et Lui disent droit dans les yeux : « Regarde, *yal Rabb*, notre Allah à nous, le Très Ancien. Tu as fait du bon boulot. Tu as créé les étoiles, les abeilles, le café, le lait de la goule et de la poule. Tu as même fait les cochons et les moutons pour séparer le musulman des kouffar chrétiens. Mais là, ça y est, le Très Ancien. Tu es fatigué. Tu ne tiens plus Tes créatures, surtout les femelles. Nous allons le faire à Ta place. »

— Tu es sûre que ton Sidi a dit tout cela sans se faire zigouiller ?

— Bah, il l'a répété à la mosquée et devant les cafards du parti de Ben Ali ! Il a prévenu que ces faux musulmans, suppôts d'Ibliss, le Satan maudit de Dieu et des prophètes, chanteraient bientôt des psaumes maléfiques qui colleraient la chiasse à la pierre et feraient vomir du sang aux poissons au fond des rivières. Il a dit que la détestation de ces vermines était un exercice de salubrité mentale.

— Continue de parler ainsi, Chahd, et tu finiras clouée la tête en bas sur un bout de bois.

— Ha, ha, ha ! Moi, je finirai comme Jonas. Dans le ventre d'une baleine. Punie pour mes colères et mon impatience. Jonas est le seul chapitre où le Coran raconte mon histoire. Ce quartier puant, c'est ma baleine à moi où je prie sans ablutions ni génuflexions et remets mon dîner à plus affamé que moi. Dieu m'a confiée à Sa baleine pour ne pas me livrer, nue et les ongles cassés, à un monde qu'Il sait sans pitié pour les empotés. Il m'offre tous les jours des chansons, des bières, des joints, des fruits et des rêves, et dit à Sa baleine : « Ne la laisse surtout pas sortir seule. Ne la laisse pas dans le noir. Ne la laisse pas tuer quelqu'un, pleurer contre le mur ou se suicider. Je lui donne son pain quotidien et des rires éraillés. Donne-lui des chants et des bercements. Et ne refais jamais surface avant qu'elle ne se réveille de sa cuite. »

Je ne sais toujours pas pourquoi je lui ai dit alors, le cœur noyé :

— Donc, nous sommes deux, *ya* Chahd, dans le ventre de la baleine. Je tâcherai d'y garder une lampe allumée. Tant que je peux. Tant que tu veux.

Mais la baleine a failli et Chahd s'est échouée, un jour, sur la voie ferrée qui traverse Mellassine de bout en bout en cicatrice hideuse, terrassée par une overdose de mauvaise cocaïne. Elle a marché pieds nus sur le ballast, les yeux fermés et les poignets tailladés, avant de s'affaisser, vaincue et méconnue. Les clodos qui campent sous le pont l'ont ramassée avant que le train ne lui passe dessus, aveugle et pressé d'arriver à cette gare infâme où jamais un poète ni un prophète n'ont désiré arriver.

Jour après jour, la Zahra terrienne, lucide et rétive aux choses abstraites, prenait goût au virtuel, finalement plus reposant et plus gratifiant que le réel.

J'apprenais à écouter Fouad et ses soliloques sur la catastrophe sans nom qui guettait son pays qui ne produisait plus rien, tout en rectifiant tranquillement la manucure de mes orteils. Je supportais Hamdi qui vivotait en léchant le cul à des contrebandiers barbus et violeurs de gosses. J'essayais de rester correcte avec le Breton, qui se contentait de ce que je lui servais comme salades, agrémentées de quelques vérités et faits invérifiables.

Sofiane était le seul qui me donnait de vraies céphalées tant il était con, fanfaron, jacasseur et carpette. Entre nous, c'était toujours la même musique : il menaçait de ne plus m'envoyer d'argent, me traitait de voleuse parce que je ne lui montrais pas ma chatte en gros plan, jurait de me dénoncer à son copain haut gradé de la police ou, pire, à la mosquée daechienne du centre-ville. Chiche ! Je le laissais déverser son fiel avant de le menacer de venir lui couper ses billes de fils de pute à domicile. Je lui interdisais de me recontacter sous peine de lui loger une balle dans le cul. Il s'écrasait aussitôt, s'aplatissait, se faisait merde absolue. Il confirmait le pire adage que les femmes se disent à propos de leurs hommes : tels les chiens, ils arrêtent d'aboyer dès que tu leur aboies dessus.

Pour les besoins du métier, je m'appliquais à peaufiner mes divers profils tout en les gardant compartimentés. J'apprenais à m'effeuiller, à servir la remarque traîtresse ou le trait perfide au bon moment, à jouer du regard, effarouchée ou canaille. J'osais être injuste : je baissais ma culotte pour Philippe, le sachant crédule et bêtement généreux. Pour le reste de la meute, j'acceptais de tomber uniquement les bretelles ou de tailler dans le décolleté. Je me devais de rester avare si je voulais les garder généreux et dociles.

À chacun j'ai concédé une tenue digne de ses fantasmes : nuisette défraîchie mais sexy pour Sofiane, caleçon et tee-shirt pour Averroès, caftan à même le corps pour Philippe, gandoura kabyle bariolée pour Akli, qui était revenu et avait confessé se palucher cinq fois par jour avant que Jésus ne le prive de sa volupté de miséreux du sexe.

Tous avaient un neurone bousillé, une séquence tordue. Tous avaient droit de ma part à une distance qui n'était pas tant du mépris qu'une glaciale et immense pitié.

Ma tête était un placard aux tiroirs bien rangés, tels des registres d'écriture. Au Kabyle, il fallait parler de Lounès Matoub et de Aït Menguellet. À l'Arabe, je devais causer de Marcel Khalifa et Cheikh Imam. Devant Sofiane, ne jamais prononcer le « *gua* » paysan qui horripilait le riche citadin qu'il était. À Philippe, servir du petit Pierre Loti. Avec Averroès, je veillais à glisser un « zob » par-ci et un « *zabour* » par-là pour lui donner l'illusion de s'encanailler.

Le virtuel est un pays hors frontières où mon temps s'échappait par bancs de phrases et coulées de plaisirs. Multiple et variée, je gagnais de l'argent sur un continent de glace et de miroirs sans tain, où je ne risquais ni de me blesser, ni de glisser, ni de tomber enceinte. La réalité tournait dans un sens, mon monde dans l'autre. C'était la seule formule que j'avais trouvée pour me ménager une parenthèse de paix au milieu de la fournaise.

Voilà des mois et des semaines que la ville m'arrivait en mode ouaté, désincarné, presque brumeux. Seuls le CO_2 des pots d'échappement et les relents des eaux pourries du lac Sedjoumi me rappelaient où j'étais. Je traversais Tunis en taxi, voilée, niqabée, chaussée de sneakers et de larges lunettes noires pour préserver mon anonymat au milieu de la peuplade ahurie. J'atterrissais souvent sur des plages immenses et vides couvertes d'algues et de barques défoncées. Je mangeais des casse-croûte huileux tout en regardant les mouettes jouer à se fracasser contre les vagues.

Je ne pensais à rien ni à personne. Je comptais juste les Zahra inventées que j'avais en boutique, les alignais, les réparais et les rechargeais en bobards pour la semaine. Je leur attribuais des mensurations de mannequin, leur prêtais des fossettes, des grains de beauté, des seins assez gros pour aguicher les veaux qui ne demandent qu'à être bernés. J'ai même inventé une Zahra couverte d'hématomes, marquée par les boucles de ceinture, aux côtes cassées et aux doigts brisés. Le gros dégueulasse qui raffolait de mes souffrances de prétendue femme battue insistait pour avoir les détails les plus avilissants et les plus scabreux. J'en gardais un profond dégoût, des brûlures d'estomac et des courbatures réelles, chaque séance-fiction me coûtant une nuit de sommeil. Un jour, j'allais lui cracher à la gueule et le menacer de venir lui mettre un pied-de-biche dans le cul tant sa jouissance était proprement obscène.

Lors de mes virées sur les plages de la banlieue nord, je peaufinais aussi les profils des futures Zahra, plus trash, un brin gothiques et un peu plus déjantées que la moyenne locale. Elles plaisaient aux jeunes morveux tourmentés par leur testostérone. À force de m'inventer, de me démultiplier et de me décliner en plusieurs femmes, j'en étais arrivée à me demander si je ne devais pas me mettre un jour au théâtre ou même à l'écriture. Pas en arabe, cela allait de soi. Pourquoi écrire dans une langue qui peut vous envoyer à l'échafaud pour un mot de travers ?

Le plus cocasse était qu'il m'arrivait de confondre les clients et les personnages malgré ma méticuleuse vigilance. Comme la fois où j'ai servi une Zahra pieuse et prêcheuse au Kabyle saturé de protestantisme extatique. Il a eu la frayeur de sa vie et a complètement disparu de mon radar pendant un mois, se croyant débusqué par les islamistes trancheurs de gorges et de couilles. Ou celle où un homosexuel m'a prise pour une trans juste parce que je lui avais confié songer à me greffer un zob en latex pour satisfaire les petits cochons en mal de sensations inédites.

Peu à peu, j'ai réalisé que mes personnages n'étaient pas de la fiction, mais tout simplement moi. Moi qui ne voulais pas bosser de 8 heures à 18 heures pour l'équivalent de deux cents euros par mois, avec les mains du patron aux fesses ou la langue de la patronne dans la bouche en guise de prime. Moi qui refusais de me maquer, avec ou sans contrat, avec ou sans la sourate de la Fatiha. Moi qui en avais ma claque de m'habiller de fripes, de manger des merguez farcies aux plumes et cartilage de poulets électrocutés, et d'utiliser la cervelle et la graisse d'un bétail tuberculeux pour mes flans salés à la tunisienne.

Je ne voulais surtout pas retourner à Alger, mais n'en pouvais plus de respirer le choléra répandu par les miasmes d'un lac maudit où se déversaient des tonnes d'étrons et de désillusions. J'avais le droit de péter dans la soie, moi aussi, de rompre avec le seau et la serpillière. Je voulais bouffer des ailes de poulet KFC et descendre des seaux de crème glacée Häagen-Dazs. Je voulais gagner du fric sans m'abîmer les mains et les dents, sans courber l'échine, sans filer droit, sans raser les murs, sans trimballer la trouille de me faire balafrer, défigurer à l'acide ou buter juste parce que je ne portais pas le voile. Juste parce que je suis femme.

Non, je ne suis ni inférieure, ni superflue, ni maudite. Je ne suis pas un mal nécessaire. Je suis humaine, douée de parole et de raison, capable de rire et de résoudre des équations. Je suis irrémédiablement, sauvagement et totalement libre. Ceci est ma vie, payée cash sans larmes, morve ni autre glaire. Ma vie pour qui la Terre est trop étroite et la loi des hommes scandaleusement injuste.

Je suis rentrée un mardi de la plage avec des sneakers mouillées et des décisions définitives. J'ai dormi sans ingurgiter de Maalox, sans allumer l'ordinateur, sans me salir au contact des lubriques. Le lendemain matin, j'ai bu mon café, effacé tous mes profils, envoyé à la « corbeille » mes amants virtuels. Sur le clavier, mes doigts ont appuyé sur des gâchettes, lâché des rafales, tué sans remords ni conséquences mes lâchetés comme mes faux-semblants, mes minauderies de connasse peureuse et mes insanités de fausse dévote. De fausse pute, aussi.

J'ai ouvert l'armoire, entassé mes costumes d'emprunt dans des sacs et les ai empilés dans un coin près des gogues. Sous le plastique noir, j'ai entendu les rires sarcastiques de mes vies écornées. Je leur ai dit d'aller se faire foutre.

J'ai tourné dans le quartier telle une toupie pendant une semaine, puis suis allée dire bonjour à Radhia, la fille de Tante Mahbouba. J'ai voulu lui confier des choses mais j'ai vite compris qu'elle n'avait ni l'humanité de sa mère ni l'intelligence de cœur de Chahd.

Elle avait grossi, trouvé un fiancé vendeur de vieilles savates aux puces du souk El Asr. Elle m'a semblé pacifiée, faute d'être heureuse. Je lui ai dit que je me tirais. Elle m'a félicitée sans me demander pourquoi ni pour aller où. Elle était gênée. Pour meubler le vide, elle m'a raconté la dernière. Celle du voisin infirmier qui a dépanné une parente à lui, dont la fille avait perdu la virginité et qui s'apprêtait à convoler.

— Il lui a ouvert une salle d'opération de l'hôpital, la nuit. Tric trac, plus d'un tour dans son sac !

L'infirmier a joué des ciseaux, des fils et des aiguilles. La future mariée a pissé le sang, a failli y rester mais, au bout du compte, a eu une nouvelle membrane. Manque de pot, la mère s'est fait choper par un jeune interne venu fumer discrètement un joint à la morgue voisine. Tout ce beau monde s'est retrouvé à la permanence policière de l'hôpital puis devant le procureur qui les a insultés copieusement avant de les relâcher, fou de rage.

— Sympa, le procureur ! ai-je dit.

— Sympa et demi ! Il a jeté le dossier à la tête des policiers en vociférant : « On les nique par-devant, par-derrière, dans la bouche, entre les nibards et on leur interdit de trouver une issue de secours ? *Tfou*[1] sur nos gueules de pseudo-*rejel*[2]… Toi, l'infirmier, je te paie la cuite de l'année. Et toi, l'interne qui a cafardé à la

1. Interjection accompagnant un crachat de dégoût. 2. Mâle, viril.

police, tu passeras devant le juge pour fumette de joints et outrage aux morts musulmans. Allez, ouste ! Du vent ! *Khrawat* de mon *zebi*[1]. »

— Ouille ! Ouille ! Il me plaît, ce procureur !

— T'as vu, hein ? Bon, je dois aller bosser, moi... J'espère que tu vas quand même récupérer ton mari, Zahra. Cette ville peut être méchante, tu sais. Ne la laisse pas te faire la peau comme elle l'a fait à la pauvre Chahd.

J'ai envisagé sérieusement pendant quelques jours de partir en France. Non que la France ait un quelconque pouvoir d'attraction à mes yeux, à part pour la qualité de ses beurres et fromages, la commune langue qui me permet de rembarrer qui s'avise de me traiter par-dessus la jambe. J'avais envie de sa campagne dépeuplée, ses villages reculés, ses lieux en friche ou de déperdition, qui me faisaient rêver de fugues et de folles disparitions.

Mais c'était trop tôt pour la France. Il me fallait d'abord passer par La Goulette et vivre une vraie vie de fille qui vend son cul.

1. Injure signifiant « merdouillettes de mon zob ».

3

LA GOULETTE/CASABLANCA

C'est finalement ma paresse qui m'a indiqué le chemin de la fortune, du plaisir et de la liberté : la prostitution middle class, en attendant d'intégrer le circuit du *qohb*[1] luxueux. Elle m'a sauvé la peau dans cette Tunis où je continuais de survivre, l'Europe étant devenue si ennuyeuse, si empesée avec sa morale de Bisounours dégoulinante d'émotions surjouées. Cobaye pour cobaye, autant s'adonner à des travaux pratiques lucratifs et se débarrasser d'un passé de fausse dévote, d'épouse larguée et de surfeuse compulsive. Oui, je le reconnais et le revendique : j'ai choisi de devenir la pute qui chevauche la Bête et porte fièrement sa couronne de serpents. Vous pouvez hurler, blasphémer, éructer jusqu'à ce que Jésus revienne vous dire de la fermer, mais la vérité est que j'ai eu mon premier orgasme à vingt-sept ans avec mon onzième client. Un orgasme si ample, si total qu'il l'a effrayé, ce trentenaire vendeur

1. « Prostitution ».

de téléviseurs au souk de la contrebande Moncef Bey, du nom d'un bey patriote exilé par la France à Madagascar, m'a-t-il expliqué.

Le 1er janvier 2015, j'ai abandonné l'affreux Mellassine à son lac aussi joyeux qu'une chaude-pisse et loué un studio à La Goulette. À la décharge de la Tunisie, une femme peut y signer un bail, acheter une voiture ou ouvrir un compte en banque sans passer par un mec, père, frère, mari ou enfant. Elle le doit à ce vieux renard de Bourguiba.

La Goulette est une fredaine, un menu larcin, une chansonnette coquine, une brise incongrue, un fou rire subit, un brick au thon brûlant, une Sicile tunisienne qui se fout de La Marsa, sa voisine beylicale empesée et friquée. Elle grouille de cafés, de restaurants et de bars où traînent des Libyens lubriques et des hommes fardés. Elle m'est plus sympathique que le Sidi Bou Saïd snobinard, dont on fait tout un plat et qui n'est que pacotille.

De La Goulette, on peut sentir l'odeur de soufre que dégage Le Kram-Ouest voisin, quartier islamiste où armes, shit, cocaïne et pucelages de petites filles s'achètent et se vendent sans que personne y trouve à redire.

L'immeuble de trois étages où j'habitais donnait sur la mer. Vieillot et écaillé, il avait plusieurs entrées, escaliers dérobés, idéals pour rester discret. J'ai dégoté un lit et une armoire aux puces, reçu en cadeau une table basse offerte par l'arrière-arrière-petit-fils du bey converti en vendeur de sandwichs succulents, plus deux chaises en plastique achetées au marché municipal. J'ai mis des rideaux aux fenêtres, installé une cafetière et un coin bar près du balcon, semé des paquets de Kleenex et de préservatifs un peu partout et ouvert le compteur.

Au début, j'ai voulu travailler à mon compte, mais l'émir-proxénète maître de la zone et ses rabatteurs m'en ont dissuadée. Ils m'ont annoncé qu'ils seraient mes protecteurs, souteneurs et pourvoyeurs en soudards et en fils de bonnes familles harponnés dans les bars des hôtels trois étoiles, les lounges de l'avenue Mohamed-V ou les boîtes de nuit de la rue de Marseille à Tunis. Les clients se laissaient guider sans poser trop de questions, trop soûls ou trop effrayés par les cerbères barbus qui fumaient la chicha jusqu'au petit matin au bas de l'immeuble.

Dans un commerce où l'on est associé aux adorateurs du diable, il faut savoir respecter le contrat si l'on tient à rester entier. Le proxénète fournissait la clientèle sélectionnée. Je disposais d'un droit de veto si le mec était violent, puant ou dur à jouir. Je ramassais 50 % net du prix de la passe. En contrepartie, je n'avais rien à craindre de la police, qu'on dit noyautée par des islamistes. C'était un marché honnête. Et même amusant puisqu'il me permettait d'avoir une entrée d'argent régulière tout en écoutant les récits bariolés de l'humaine misère.

Mes conditions étaient claires et non négociables : pas de photos ni vidéos. Pas de portable dans la chambre. Pas de drogue blanche, marron, bleue, rose, liquide, solide ou gazeuse. Pas de gamins à tripoter ou à violer. Pas de sodomie. Pas de jeux lesbiens. Pas de dérogation. On pouvait me traiter de débauchée ou de connasse. Cela ne m'atteignait pas. Les limites que je m'imposais relevaient plus de l'hygiène que de la morale, ce vieux torchon que les couards peuvent se caler au cul. J'ai choisi de ne pas avoir d'opinion sur le monde ni sur l'humain et ses turpitudes. Je menais ma vie comme je l'entendais et n'avais de souci que de m'affranchir des innombrables petitesses de ce pays de minables.

— En somme, tu es une tueuse à gages, m'a lancé une fois un client.

Peut-être bien, me disais-je certains matins en fumant ma première cigarette devant la mer, indifférente et silencieuse.

Je travaillais chez moi. Question de confort et de sécurité. Les clients pouvaient débarquer à partir de 16 heures. Ils se déchaussaient, jetaient quelques coups d'œil furtifs aux lieux, se déshabillaient, fumaient, blablataient, baisaient et s'en allaient. Tous demandaient quand ils pourraient revenir. Ma réponse était invariable : on verra.

Je restais méthodique et sans illusions. Un sixième sens m'a toujours protégée des drogués et des siphonnés.

Je n'oubliais pas que, dans ce métier, aimer peut aussi mener à la mort. Choisie comme ultime solution à une situation sans issue. Subie lorsqu'on franchit la ligne rouge tracée par le boss, peu importe lequel. La mer rejette régulièrement les cadavres de filles plus ou moins défigurées, balancées par-dessus bord pour avoir contrarié un client assez riche pour s'offrir un yacht, assez puissant pour tuer impunément. Les dindes cupides qui accompagnent certains Libyens dans leurs chambres d'hôtel ou leurs appartements fraîchement acquis finissent, quant à elles, en bouillie sanguinolente sur l'asphalte huileux, défenestrées par des brutes défoncées. C'est l'une des raisons pour lesquelles je tiens en sainte horreur ces quelques abrutis, leur goût de chiottes en matière de sape et de cuisine, leur musique qui me colle la migraine. Sans parler de leurs manières de bouseux, qui me faisaient raquer mon déjeuner dès que j'en croisais un dans les salons de thé du coin.

J'ai eu de l'affection pour plein de mâles bienveillants, sans distinction d'âge ou de classe. Virils et poseurs le jour, beaucoup se transformaient en agneaux au lit. Réservés et taciturnes en public, ils jouissaient avec cris et fracas en privé.

Les jaloux, les ténébreux, les impuissants, ceux dont la verge était défaillante et l'esprit soupçonneux, les fiers, les sadiques, les peureux et les faux téméraires étaient légion. Bien sûr, il m'arrivait aussi de tomber sur des sentimentaux tellement romantiques qu'ils en oubliaient de bander ou d'éjaculer. D'autres cultivaient le mystère pour faire croire qu'ils étaient intelligents. Ou fanfaronnaient en s'attribuant des maîtresses qu'ils n'avaient jamais eues, des bagnoles de luxe qu'ils n'avaient jamais conduites et des costards Armani qui leur étaient interdits. La plupart étaient pressés de niquer et s'en allaient sitôt les couilles vidées. Plein d'autres étaient masos, impuissants ou simplement détraqués. J'étais effarée par le nombre de néophytes, puceaux et mauvais baiseurs, qui ne savaient pas comment est faite une femme ni à quoi ressemble une chatte. Ils croyaient dur comme fer que le plaisir est l'apanage du mec et que les femmes ne sont qu'une gaine en latex couleur chair pour leur bite. Ils me prenaient à sec, me labouraient sans me regarder, transpiraient comme une soupe et partaient sans saluer. Ils étaient des parenthèses pénibles que je meublais en comptant les agneaux, les coquelicots, les gains de la semaine, les courses à faire, dont les pilules contraceptives de plus en plus difficiles à dénicher en pharmacie et que je devais stocker pour ne pas me retrouver en cloque.

Je ne me plaignais pas de l'incessant défilé de mecs qui avaient la trique. Je mettais même un point d'honneur à bien traiter le client. Je n'avais pas d'orgasme, sauf accident. C'était ma tête qui jouissait, d'un plaisir qui n'avait pas de prix : être la capitaine de son âme et la maîtresse de son destin. Le virtuel est incontestablement plus pauvre en imagination, plus étriqué et plus trivial que la simple et irréfutable réalité de tous les jours.

Mon métier m'a appris l'élégance, l'art d'être sexy sans être vulgaire. La sape coûtait très cher mais il y avait les bonnes occasions chopées sur Internet ou dans les boutiques de fripes. Il y avait surtout des clients généreux et au goût sûr. Je tenais plus que tout à mon hygiène intime et m'accordais un répit pendant les règles, même si certains clients aiment visiter les filles quand elles ont leurs lunes, le sang ne leur faisant pas peur malgré l'interdit coranique. J'achetais les préservatifs par cartons entiers et les posais partout, même sur la table de la cuisine et celle du balcon. Je n'avais pas confiance en l'hygiène des mecs et ne voulais surtout pas attraper une saloperie pour trois cents dinars, soit moins que les cent euros que refuserait n'importe quelle professionnelle qui bat le pavé à Paris ou à Barcelone. Mais le fric mérite respect. N'est-il pas l'équivalent de Dieu, selon la formule définitive du fils de Marie ? Je respecte l'argent et fréquente sans états d'âme ceux qui le servent avec dévotion et le brassent sans maître ou juge à craindre.

Mon appartement avait tout d'un cabinet de psychiatre, un peu bordélique mais parfaitement rentable. Je recevais sur le canapé-lit ou dans la baignoire, nue ou habillée. On me baisait, j'écoutais et me faisais payer les deux services. Je me découvrais, au passage, polyandre, totalement réfractaire aux relations maladivement exclusives. J'aimais varier, m'étonner, prendre puis jeter.

Les mecs avaient déteint sur moi, je crois. Je commençais même à les aimer, ou plutôt à aimer leur façon de prendre la vie et leur pied, leur profonde indulgence pour leurs faiblesses et, surtout, leur goût du jeu qui leur fait aimer les guerres, les bagarres, le foot et le poker. Peu de femmes sont joueuses, les hommes le sont tous sans exception, ce qui les rend plus légers et plus faciles à manier. J'ai fait part de ce constat tout neuf à l'un de mes clients, Elias, et il en a applaudi, admiratif, la pertinence.

Ce dandy politicien qui déversait sur les plateaux de télévision sa camelote de faux gauchiste était un vrai beau mec. Il avait des ongles et des manières soignés, savait trousser une histoire, amener une anecdote plaisante, placer un vers piqué chez Nizar Qabbani ou Mahmoud Darwich, selon la direction du vent et la couleur de l'argent qu'il recevait ostensiblement des ambassades et des officines. Il jacassait tout le temps, même au lit, et se piquait d'être à jour des derniers scandales qui agitaient la mare aux connards locaux.

— Tiens ! Je t'invite à la meilleure table de poker de Tunis, jeudi prochain. Tu vas t'éclater ! m'a-t-il dit.

— Je croyais que le jeu était interdit !

— Aux pauvres, chérie. Juste aux pauvres.

C'est ainsi que j'ai fait ma première incursion dans un monde de pouvoir et d'argent, de champagne et de vison, de plaques et de cartes pipées. J'ai observé, fascinée, les astuces des maîtres du bluff, étudié leur art de semer le doute et celui de garder un visage indéchiffrable, le regard froid et fixe, tel un crotale. Je suis tombée folle amoureuse des brelans, paires et doubles paires, flushs et straights. Je mise rarement de grosses sommes mais je sais que je suis devenue totalement *addicted* aux cartes et à leur superbe, qui défie le hasard par jeu de probabilités. J'affirme sans rougir que rien ne vaut le frisson puissant, la secousse tellurique que déverse dans le sang la vue de quatre as adossés à un roi ou même une reine. Dommage que le jeu déplaise tant à

Dieu, pourtant jeteur de dés galactique et brouilleur de cartes patenté.

Je ne sais pas si ma mère est un bon coup mais, moi, je l'étais. Non parce qu'on me le disait mais parce que je m'appliquais à mériter le tarif que j'imposais à mes clients et que j'y mettais du cœur. Oui, du cœur, car il en fallait pour ne pas gerber quand certains vous touchaient, et ne pas défoncer le crâne d'autres à coups de marteau. Il en fallait pour les laisser jacter ou pleurer sans les emmerder avec des questions, interjections, minauderies ou fausse compassion. Les hommes sont pleins de larmes et d'histoires. J'adorais les secouer.

Comme cela a été le cas avec Youssef.

La nuit de Youssef

Il a été le premier client que j'ai accepté de retrouver chez lui. Il était si froid, si policé qu'il n'en était plus tunisien. Youssef adorait m'écouter. Il s'est calé au fond de son canapé qui devait coûter le prix de mon appartement et m'a raconté qu'il avait du sang germanique, du côté de sa mère, que l'éducation des Jésuites n'avait rien arrangé de ses raideurs innées ou acquises. J'ai compris que je n'avais pas intérêt à poser de questions plus personnelles si je ne voulais pas finir noyée dans le chenal de La Goulette. Youssef était un monsieur qui avait du pouvoir, vous l'aurez compris.

Je ne sais pas ce qu'il faisait de sa vie mais il disait être dans les affaires. Ces grosses affaires qui ne regardent pas les gens qui regardent, comme moi, la télévision et croient que Sidi Belhassen, le saint dormant de la colline tunisoise d'El Djallaz, fait gagner à la Tunisie ses matchs de hand et de volley-ball contre n'importe quelle nation, même la France.

Youssef était un voyeur qui s'assumait. Élégant, fortuné, presque beau, il n'enfilait et n'enculait ni femme, ni homme, ni clébard. Il n'en avait pas besoin. Il avait de l'argent. Il me payait deux mille dinars pour que je le laisse me regarder baiser et me faire baiser, tranquillement assis dans son fauteuil, sirotant son somptueux whisky écossais qu'il abandonnait vide aux trois quarts, une fois le spectacle fini.

J'ai accepté le deal avec Youssef et bien d'autres crapules parce que l'électricité était devenue trop chère. Je réglais des factures astronomiques pour le climatiseur. Je ne voulais pas mourir étouffée par la canicule folle qui flinguait les gens en pleine rue et les faisait crever d'hypertension et de désespoir.

Avec Youssef, je connaissais au moins le topo. Je me désapais rapidement, m'installais au lit. Un homme choisi par ses soins débarquait. Il se déshabillait lentement sous mon regard, sans se retourner. L'homme se masturbait légèrement puis me présentait son membre à sucer. Un membre invariablement imposant que je devais titiller, téter, gober et noyer de salive. L'homme, lui, restait imperturbable, subissait la lente, longue, délicieuse manipulation de sa hampe sans broncher. Moi seule décidais quand mettre un terme au supplice et dans quelle position j'acceptais d'accueillir le membre rougeoyant.

Une pénétration, une éjaculation. Le contrat obligeait l'homme à m'essuyer l'entrejambe délicatement, embrasser l'orifice qu'il venait de quitter et qui dégorgeait son sperme en de légers spasmes incontrôlés.

La seule fois où ces rituels ont été bousculés a été celle où mon esprit taquin m'a suggéré de doigter magistralement l'homme qui m'enfourchait. Un râle d'agonisant a fait se recroqueviller Youssef dans son fauteuil et répandre le whisky sur le coûteux tapis kairouanais qui attestait de sa richesse. Figés, ni moi ni l'homme n'avons osé continuer à faire l'amour. Le silence de mort a duré cinq bonnes minutes avant que Youssef ne lance d'une voix neutre : « Reprenez. » La bite de l'homme pendouillait lamentablement entre mes cuisses. Prise de pitié, j'ai essuyé le membre défait, l'ai tendrement et longuement caressé, rassuré. Je lui ai raconté sans mot les enfants haïs par des mères qui leur préfèrent les chats, les pères qui corrigent leurs filles rebelles au ceinturon, les oncles paternels qui coincent nièces et neveux sur les toits ou au fond du garage.

J'ai raconté à ce pénis anonyme le désir de s'ouvrir mais l'interdit de jouir, le baiser imposé par un imam aux garçons en culottes courtes dans les toilettes des mosquées et le premier doigt violeur qui déchire la virginité des âmes neuves. Alors, gentiment, docilement, le pénis a de nouveau durci puis éjaculé par petites coulées successives. Pour une fois, c'est moi qui ai essuyé l'homme sans que Youssef s'avise de protester.

L'homme parti, Youssef a sorti son portefeuille pour me payer. Il m'a dit, le sourire faussement désinvolte :

— Tu lui as fait trop d'honneur.

— Et toi, tu m'as fait pitié.

Il m'a jeté, imperturbable :

— On se revoit dans un mois pile poil, madame.

Youssef voulait être enculé, s'ouvrir à l'homme à ma place, j'en suis sûre. Il n'en a pas eu le courage.

Nous n'en avons jamais reparlé.

Et je ne sais toujours pas combien il payait des types superbement membrés pour qu'ils le laissent regarder baiser la nana qu'il trimbalait en lui et à qui il interdisait de sortir. Il vivait recroquevillé sur des terreurs infantiles qu'il élevait comme des lapins. En cachette.

La nuit de Seif

Seif était tout le contraire de Youssef et c'était mon préféré. Il n'était pas mon client puisqu'homosexuel assumé. Je l'avais rencontré un soir, au bar de l'un des restaurants les plus cotés de La Soukra. Invitée par un animateur de télévision moche, célèbre et pourri jusqu'à l'os, j'avais regretté, un quart d'heure après mon arrivée, de me retrouver au milieu d'un tas de tocards cocaïnés, de pisseuses issues de la ceinture rouge de Tunis qui mettaient des appareils dentaires parce qu'elles croyaient que cela faisait chic.

Maussade et d'humeur scorpionne, j'avais sursauté quand Seif s'était assis à côté de moi au comptoir et avait commandé deux mojitos pour les « belles contrariées », avait-il dit.

— *Ti barra... Ti barra*[1]... Va... Va... Va te faire mettre, lui avais-je répondu en mon for intérieur, agacée par sa joviale familiarité.

Il avait posé sa main sur la mienne d'un geste pressant :

— Viens qu'on se mette au jardin et qu'on se raconte des conneries. Peut-être qu'on finira par rire ensemble, qui sait ?

Nous avions sifflé trois mojitos chacun avant qu'il ne se présente : « Seif ». Je m'étais marrée. J'étais pompette. Être fou de son corps et s'appeler « glaive » était exactement le genre d'humour qui me réconciliait avec Tunis, la cintrée.

— *Ya zebbi*, tu crois que j'ai une petite bite, c'est ça ? Que nenni ! Dix-sept centimètres au repos, ma grande.

1. « Va te faire... »

Les mecs en raffolent mais, moi, je préfère me faire mettre. C'est plus sultanesque.

J'avais roulé sous la table de rire et d'ivresse. Je m'étais réveillée le lendemain dans un lit qui n'était pas le mien, une villa telle que je n'en aurai jamais. Derrière la baie vitrée, la mer était couleur bleu menaçant, ce bleu que prend Tunis quand elle fait sa méchante et qu'elle se met à le crier sur les hauteurs de Gammarth. J'avais la gueule de bois et il était déjà 11 heures.

— On va aller déjeuner à La Marsa. Le Chef est mon amour.

Il avait trouvé une chemise à ma taille. Je m'étais débarbouillée et je l'avais suivi.

Le Chef, son amour, était un Noir originaire de Ghedamès, la libyenne. Un dieu sculpté dans l'ébène. J'avais glissé à Seif :

— *Ya tahan !* Salaud de veinard.

Il avait répliqué :

— J'ai su tout de suite que tu n'étais qu'une envieuse et une grosse jalouse ! Tu y touches et je te zigouille !

La bouffe était divine, la mer turquoise. Il m'avait dit :

— Je sais ce que tu fais. Je fais la même chose. Dans ce monde, nous vendons tous notre cul. L'âme est au diable, le cul à l'argent.

Plus tard, j'ai su que le restaurant leur appartenait à tous les deux et que Taher, le Chef, était son associé.

Devant le carpaccio de veau qu'il m'avait fait servir, Seif avait décapsulé sa bière blonde et éclaté de rire :

— Tu te rends compte ? Le salaud refuse que je l'embrasse en public pour que le personnel file droit ! Mais putain ! Tout le monde sait que c'est mon mec, mon mari, mon chocolat préféré qui me baise tous les jours, toutes les nuits et me fait gicler avec sa bite bien calée dans mon trou largement ouvert et follement hospitalier.

J'avais mouillé instantanément. C'était fou mais j'étais excitée par sa grivoiserie. Il l'avait vu et m'avait rappelé les limites à ne pas franchir :

— Je suis possessif, jaloux et je sais me servir d'une tronçonneuse. Taher est prévenu. Il ne me trompe pas parce qu'il sait que je suis un tueur.

Jamais de ma vie je n'ai vu un mec aussi amoureux d'un autre mec.

— Je ne suis pas amoureux. Je suis idolâtre. J'ai renoncé au paradis et aux anges pour la bite de Taher, la sueur de ses aisselles, le goût de mon sang sur ses lèvres. Tu ne sais pas ce qu'il me fait. Personne ne sait.

Et pourtant, un jour, j'ai fini par le savoir. Invitée par le couple dans leur villa féerique à Gammarth, c'est au bord de la piscine que Seif est parti dans une tirade mémorable qui m'a remis les pendules à une heure plus juste.

— Toi, tu ne connais pas Sabbaghine ? a-t-il demandé. Si ? Dis donc, tu montes dans mon estime ! C'est là que je suis né. Un quartier si pauvre que même les chats émigrent vers le Bardo pour trouver de quoi bouffer… J'ai toujours adoré les garçons. Le premier m'a enculé contre le mur de la boulangerie, un soir d'hiver teigneux. J'ai pissé du sang pendant deux jours. Une semaine après, il racontait partout qu'il avait poussé si fort qu'il avait entendu un muscle craquer. « Aaaah, tu l'as déchiré, mec ! », se sont écriés les petits morveux frustrés qui faisaient cercle autour de lui. Sauf que moi, tapi dans le noir de l'atelier du garagiste où ils se retrouvaient pour se raconter leurs premières baises, moi, j'ai joui d'un seul coup. Il m'avait « cassé », disait le fiérot.

« En fait, il m'avait défoncé avec une bite plus petite que la mienne mais plus vaillante. Tous les garçons du quartier et alentours ont défilé pour me proposer leurs services. J'ai refusé. Par peur de mon père. Par crainte de ma mère qui avait trouvé des traces de sang sur mes draps mais n'avait rien dit. Mais je voulais recommencer… Mon Dieu, recommencer… Se faire remplir par cette chair raide et douce, se faire ouvrir et arroser par le sperme, mon baume, mon champagne.

« Ils m'ont courtisé, embrassé, soûlé, tabassé, insulté, payé, sali, spolié, abandonné, trahi, scarifié mais j'aime les mecs. Jusqu'au jour où, affamé, je me suis arrêté pour prendre un casse-croûte au bord d'une route au milieu de nulle part. Je rentrais de Libye avec le contrat du siècle. Cinq cent mille dollars pour lancer le premier boui-boui de la première chaîne de bouffe turque sur le littoral. Elle en compte quinze aujourd'hui et on y vend aux gogos des saloperies ottomanes à moitié avariées.

« Tahar m'a servi des brochettes et des fruits glacés. Quand j'ai voulu régler, il a posé ses mains à plat sur la table en Formica et m'a demandé : "Veux-tu manger un méchoui ce soir sous ma tente ?" C'est là que j'ai vu ses dents blanches, ses mains immenses, sa taille bien prise dans un seroual immaculé. J'ai dit oui instantanément comme j'ai su instantanément qu'il allait me prendre jusqu'à la racine des molaires et que j'allais jouir sous sa peau brune et sous l'immensité du ciel nocturne jusqu'au petit matin.

« J'ai voulu l'embrasser sur la bouche, sur le torse, sur le dos. Il s'est dérobé en riant. "Mange d'abord", disait-il. Il a refusé que je boive la vodka planquée dans mes bagages jetés dans le coffre de la voiture. Il a attendu que les chiens cessent d'aboyer et dorment en cercle autour du feu de camp. Il n'arrêtait pas d'aller et venir, d'humer l'air, l'oreille aux aguets, craignant les indiscrets.

« Puis il est venu me rejoindre sur le kilim, nu et immense, noir et parfumé de désert, le zob impérieux. Il m'a mis sur le dos, ouvert les cuisses, a craché dans ses mains, humidifié mon anus qui se contractait et se décontractait de désir. Il a enfoncé son pouce pour vérifier que j'étais capable de le recevoir, a introduit une noisette de graisse dans mon cul, l'a massé jusqu'à ce qu'elle fonde puis m'a pénétré.

« Je me suis retrouvé instantanément au paradis. Ni douleur, ni blessure, ni âme qui craque. Juste mon cul qui s'ouvrait et mon âme qui recevait enfin son élu.

« Il est fort, Tahar, tu sais. La tête de son serpent est large, douce et massive. Il y va par petits coups gentils. Le reste suit sournoisement. Au bout d'un moment, tu te retrouves avec un zob qui te creuse, te masse la prostate et file droit vers ton cœur en martelant : "Je te nique, je te prends, je te remplis, je te possède, tu es à moi, tu vas jouir parce que tu sais que si tu ne le fais pas, je vais continuer à te niquer, allant et venant jusqu'à l'aube dans ta mère, ta sœur, ton père, ton oncle et ne m'arrêterai pas avant qu'ils ne demandent grâce tous tant qu'ils sont et te disent : 'Jouis et délivre-nous de ce zob !'"

« Avec Tahar, j'éjacule au moins trois fois avant que lui ne m'arrose. Il me dit : "J'aime tes couilles, ton odeur, j'aime ton trou... j'aime quand tu éjacules sous moi alors que j'ai encore envie de toi."

De ma vie, jamais un récit aussi explicite soit-il ne m'avait fait un tel effet. J'ai quitté la piscine et filé vers les toilettes en courant. Interloqué, Seif ne cessait de crier :

— Mais où tu vas ? Qu'est-ce qui t'arrive ?

Je me suis enfermée dans les toilettes pour me soulager de la douloureuse excitation qui me crispait le ventre, arc-boutée contre le porte-serviettes, une jambe posée sur le bord du bidet. J'ai mis un quart d'heure avant de retrouver une contenance et une dignité. J'ai retrouvé Seif et Tahar allongés sur un transat, hilares.

— Y a pas de honte, ma chérie, à se faire plaisir ! Et faute de t'aider, on aurait pu te regarder faire et te permettre de nous mater… Une autre fois, peut-être ? Hein, qu'on n'est pas des chiens, Tatou ?

Non, je ne chômais pas. L'argent parallèle coulait à flots et les mecs sont fous de drogues et de foufounes. De baises en cul aussi. Même si, à l'exception de Seif, je trouve les prostitués tunisiens nettement moins beaux, moins soignés, moins théâtraux que leurs homologues algériens ou marocains. Il leur manque, je crois, le sens du spectacle, un côté opéra, le goût de l'excès et une aptitude à être gai et léger. Autant j'adore les dorures, les manucures, les bagouzes, les gestes amples et grassouillets des homos algériens, autant les gays tunisiens me paraissent tristes, chétifs et contrefaits. Je les voyais boire, rire bruyamment, s'envoyer des vannes, draguer comme des dingues, mais je les sentais fondamentalement malheureux et crevant d'ennui. Pourtant, le pays est visiblement tolérant et indifférent à leur égard, les barbus étant des enculeurs notoires et non repentis. Seule la police peut trouver amusant et légal de leur imposer un examen rectal dès qu'elle en coince un dans un bar ou une bagarre. C'est dire ma joie quand je voyais un arrivage de gays algériens, blonds et outrageusement maquillés, jouer les reines provocatrices et épater la galerie de piteux bandeurs tunisiens, lors de soirées déjantées interdites aux gueux et aux vertueux.

Il n'en est pas de même pour les femmes. Bigote et corsetée de terreurs démentes, l'Algérie traite les Marocaines et les Tunisiennes de *qhabs* vendeuses de cul éhontées, chiouettes à temps plein ou partiel. Il me semble que, dévitalisé, mon bled d'origine ne comprend plus ce que vivre veut dire. Un pays où les femmes ne peuvent pas nager, crèvent sous le niqab et la canicule n'est qu'un énorme bûcher qui réduit en cendres toute prétention à vivre en humain banal et tranquille. Au fil du temps et des rencontres, j'ai acquis la certitude que la Tunisie ne tient que par la force de ses femmes. Par leurs têtes bien faites aussi. Chiouettes ou pas, leur pays ne les mérite pas. Ou plutôt leurs hommes. Des exceptions existent mais la réputation du Tunisien bon vivant et civilisé est surfaite. En dix ans, j'ai vu une ville qui était plus ou moins propre, plus ou moins administrée, plus ou moins avenante devenir un immense étal de fripes et d'immondices. Dix ans ont suffi pour que des ruraux contrebandiers, des *Baggaras* aux ongles noircis par la bouse de cinq générations de vaches, des malfrats pétés aux analgésiques imposent leur loi en jouant du couteau. Je ne m'aventure plus dans le centre-ville devenu une plaie suppurante et un véritable coupe-gorge. Je vois que les gens contournent la capitale comme on contourne une honte ou un miroir qui nous renvoie notre laideur effrayante.

Mais, quels que soient ses défauts, ce pays limitrophe au mien me rassure instinctivement sur la possibilité de revenir chez moi à n'importe quel moment, en passant par les postes-frontières ou le lit des oueds. Un lien charnel m'y rattache et me fait me demander parfois, face aux couleurs changeantes de la mer que ma terrasse me livre chaque matin, inconnue, invraisemblable et digne d'être aimée, si au fond je préfère ce pays ouvert comme une blessure ou le mien fermé comme une plaie mal rafistolée. Je n'arrive pas à trancher. En regardant la publicité, je me dis parfois que le Maroc pourrait me reposer des deux.

Personne ne m'a obligée à quitter l'Algérie et pourtant je me sens refoulée à ses frontières, renvoyée derrière un trait invisible, contrainte de regarder de loin ses montagnes qui se déclinent en calques noirs et bleus, parfois blancs quand il fait sec, froid et heureux.

La nuit de Mondher

Recevoir un compatriote dans ma piaule, un soir de ramadan de surcroît, a été une drôle d'expérience. L'usage du français n'a pas réussi à camoufler mon accent algérois qui a fait partir Mondher d'un rire tonitruant :

— *Rabbek*, tu viens d'*el hih*[1] ?

— Oui ! Nous voilà deux *hihines*[2] qui tirent un coup, tandis que les bons Tunisiens sont occupés à faire la prière des *tarawihs* ramadanesques.

— T'inquiète ! Ramadan n'a jamais embarrassé les honnêtes professionnelles. Elles jeûnent la journée et tapinent le soir pour faire bouillir la marmite à chorba. Faut bien survivre, cousine !

Mondher était moins « bouché » que la moyenne des Algériens, son tempérament plus conciliant. Il m'a raconté son histoire entre deux coups et m'a payé en euros. « Parce que tu es une fille sympa », m'a-t-il précisé.

Chômeur malgré ses trente ans et une licence en économie, il ne vivait que pour se casser du bled. À sa mère bônoise et veuve, il répétait tous les jours « *Blè Rabhom, blè visahom*[3], je partirai en France ! Par mer, par terre, dans la malle d'un camion, dans un conteneur de bitume, dans les soutes d'un Tupolev, je traverserai cette foutue Méditerranée et m'arracherai à ce pays de zombies. *Fuck* la fac, *dine yemmehom*[4] ! Leurs diplômes de singe, ils peuvent se torcher avec, les *tahhanas* aux jambes arquées. »

---

1. « Là-bas ». 2. Néologisme signifiant « deux personnes venues de là-bas », compatriotes. 3. Blasphème quasi intraduisible, signifiant : « Avec ou sans Dieu, avec ou sans visa ». 4. « Maudite soit la religion de leur mère ! »

On était couchés sur le lit, lui fumant un joint et moi sirotant un Coca.

— À croire qu'on n'aime pas notre pays, *ya* Mondher !

Il a éclaté de rire :

— Pourquoi veux-tu qu'on aime un pays qui ne nous aime pas ? Même dans les champs, même dans la merde, même dans le cambouis, il n'y a pas de travail… Ma gueule ne revient à personne parce que je l'ouvre trop grande. Surtout aux barbus pouilleux et à leur mouchard en chef, le Rafik « oreilles de parabole », qui racontait partout que j'étais mécréant.

Ce qui me touchait chez Mondher, revenu plusieurs fois à Tunis pour me voir, me sortir et me faire gentiment l'amour, c'était sa bonté rieuse et coléreuse. Afin de rejoindre l'Europe, il ne comptait plus le nombre de flics, douaniers, pêcheurs et passeurs qu'il avait dû soudoyer.

— Je suis prêt à leur donner mon cul, me jurait-il. Heureusement que personne n'en veut. Imagine, le Mondher faisant le tapin comme un bon *attaye* du bois de Boulogne ! Ha, ha, ha !

Il avait bien réussi à se hisser une fois à bord d'un chalutier par une nuit sans lune de juillet. Le raïs avait demandé aux *harragas*[1] de prononcer la chahada avant d'embarquer car il ne leur garantissait pas de rejoindre sains et saufs l'Italie.

1. « Clandestins ».

— Quand on arrivera là-bas, *inchallah*, des gens viendront vous chercher. Ne vous en faites pas. Ils connaissent leur boulot.

Mondher avait raqué plus de six mille euros pour gagner clandestinement l'Europe. Il s'était finalement fait ramasser sur les côtes libyennes et rapatrier avec coups de pied et lourdes claques consulaires.

Tout farceur et rigolard qu'il était, Mondher a manqué chialer en me racontant ou plutôt en se racontant ses échecs.

— « Je « les » hais, sœurette ! Je « les » hais de nous avoir réduits à des chiens errants. Combien, Algériens, Maliens, Guinéens, Ivoiriens et autres, ont fini dans le ventre des poissons ? Combien ont été jetés par-dessus bord, abandonnés en mer, canardés, poignardés, éviscérés ? On sait ce qu'on risque en prenant la mer mais on sait aussi ce qu'on endure en restant chez nous, en enfer… Il faudra bien que quelqu'un se décide à balancer la bombinctte au-dessus de ce Maghreb gangrené. Seul un beau champignon nucléaire pourrait enfin purifier cette terre des charognes et des charognards qui y sévissent impunément.

Ni lui ni moi n'avons osé « les » désigner par leurs noms.

La nuit de Marouane

Marouane, lui, était parti en Europe à la régulière. Lui aussi était un bon ami. Il faisait partie des rares clients qui avaient réussi à forcer mes réticences, indifférences et méfiances, et à se faire presque aimer par la vénale que j'étais. Il me payait cinq cents euros la nuit de baise, payés cash en billets de cinquante. Que le dinar fluctuât, plongeât, se cassât la gueule, je n'en avais rien à cirer. Les prix augmentaient, la bouffe et ma garde-robe valaient une blinde. Je ne trouvais plus mon parfum préféré ou alors à prix d'or dans les circuits de la contrebande. La bidoche coûtait les yeux de la tête et les détergents de marque étaient hors de prix. Mon tarif était aussi indexé sur le taux de nostalgie gentiment canaille de Marouane, quadragénaire pété de fric, installé depuis plus de vingt ans à Milan.

Né à Hammam-Lif, dans la banlieue nord de Tunis, Marouane avait poussé comme un chardon entre les baraques déglinguées de la plage, refuge des *zabratas* buveurs de mauvaise gnôle sans domicile fixe et les bennes à ordures à l'odeur pestilentielle, couvertes été comme hiver de volutes de mouches vertes.

Ne sachant ni lire ni écrire, Marouane savait seulement compter. Et surtout dealer de la « blanche ». Tuer aussi, je présume, si l'ordre lui en était donné. Il ne s'en cachait pas, ne s'en excusait pas, ne croyait pas à l'enfer.

« L'enfer, on y est déjà, ma *zabourette*[1] ! Droit devant, il n'y a que le paradis avec du bon vin français, des putes tunisiennes et des chansons d'Abdelwahab, l'Égyptien bigleux. »

— Tiens, disait-il en me filant les billets. La prochaine fois je te ramène le dernier sac Gucci, du Parmigiano Reggiano et du chocolat que je boufferai chaud et coulant à même ta chatte épilée.

Marouane me faisait rire. Jouir aussi. Peut-être parce qu'il avait le don de transformer une ennuyeuse nuit de cul en un festin de parfums, cris, musique, caresses, tendresses et bien des audaces. Dans son loft hyperchic du Lac II, dont il m'avait confié les clefs avec interdiction formelle d'y recevoir quiconque à part lui, il y avait des peaux de mouton blanches et marron jetées sur le sol, des tables rondes et basses en bois brut, des braseros en terre cuite, des mortiers jaunes et des marmites blanches en cuivre, des assiettes en porcelaine et de grands plats en bois d'olivier. Dans le dressing immense de sa chambre à coucher, que des djebbas, serouals et gilets brodés masculins, des foutas en coton, ces serviettes de bain locales, des chéchias rouge grenat, des qobqabs presque japonais,

1. Néologisme forgé à partir du mot *zabour*, qui signifie sexe féminin. Qualificatif désignant ce qui est beau, distingué, séduisant, pertinent.

des balghas[1] en cuir de vachette, etc. La cuisine sentait, elle, le piment rouge cuit au soleil et l'ail souriant en chinois.

Au milieu de ce quartier si artificiel qu'on le croirait fait de carton-pâte, le loft de Marouane était une barque peinturlurée de dessins naïfs, chargée d'innocences orphelines et de sanglots torsadés.

Avec lui, tout ce que j'avais à faire, c'était de revenir en arrière, remonter dans le temps et me réincarner, pour une nuit irréelle, en Zohra, la voisine brune qui l'avait dépucelé, un soir d'orage automnal à Hammam Lif, au nez et à la barbe de son mari grabataire.

Comme elle, je devais d'abord aller au hammam, m'épiler intégralement, m'astiquer les dents au *swek*[2] brûlant, me dégommer la peau avec de l'argile parfumée à l'eau de géranium, me laver les cheveux avec cette même argile appelée *tfal*, afin qu'ils aient l'éclat du cristal le plus fin.

Comme elle, je devais me faire dessiner des arabesques de *harqous*[3] sur les seins, le bas des reins, les mollets et les chevilles.

Comme elle, je devais être ambre et musc, henné et gomme d'Arabie, oud et clou de girofle. Je devais être eau de rose et miel sauvage.

---

1. « Babouches ». 2. Écorce de noyer séchée utilisée pour nettoyer les dents et soigner les gencives. 3. Tatouage éphémère de couleur noire, fait à base de produits naturels et au parfum capiteux.

Je devais aussi me parer de sefsari[1] en soie pour l'accueillir et ne pas porter de culotte.

Marouane arrivait toujours chargé de cadeaux, et pas seulement ceux annoncés au téléphone. Il abandonnait bagages, chapeau et manteau dans le hall et filait se mettre sous la douche après m'avoir salué d'un tonitruant : « Ouille, ouille, ouille ! Toujours aussi *zabboura*[2] ! Ne me touche pas sinon je vais lâcher la purée ! Donne-moi cinq minutes, *azizti*[3] ! »

Avec moi, il ne parlait ni italien, ni français, ni arabe littéraire. Juste tunisien. Avec cette fameuse vulgarité qui vaut à ce peuple effronté le courroux de tous ses faux frères arabes et bons musulmans proches ou lointains.

Mes cadeaux pour Marouane étaient invariablement culinaires. Par accord tacite, je le remerciais de ses largesses en lui cuisinant des plats simples, anciens, « parlants » et « chantants ». C'est lui qui les décrivait ainsi : « *yetkalmou* », « *yahkiou* », « *yeghaniou* » ! Selon les saisons, cela allait de la ratatouille de courge et fèves fraîches, parfumée de qadid[4] et de menthe sèche, au couscous cuit aux tiges de fenouil, accompagné de sardines roulées dans le cumin, une recette que m'avait refilée Chahd, un dimanche de désœuvrement où elle était d'humeur partageuse. La pâtisserie préférée

---

1. Voile blanc porté par les citadines tunisiennes. 2. « Très belle ». 3. « Ma chérie ». 4. Viande séchée.

de Marouane était la sinistre baqlawa que je déteste car trop sucrée. Il s'empiffrait de cette saloperie de petits losanges fourrés d'amande comme on prend une revanche sur le bey de Tunis en personne.

Marouane respectait une sorte d'hygiène érotique : baiser avant de boire et de manger, puis grimper aux murs par paliers ponctués de quelques bouchées, quelques gorgées, plusieurs douches froides et bruyantes et de longs moments de répit au creux de la voix de Saliha, son idole comme elle l'avait été pour son père, mort trop tôt et trop jeune dans l'explosion d'une chaudière à la cimenterie de Jbel Jelloud.

Le Milanais d'adoption avait un cœur de midinette. Dès que je laissais glisser le sefsari en soie dont je me couvrais et déclarais ouverts nos jeux érotiques, il tombait à son tour à mes pieds humant yeux fermés chaque partie de mon corps, s'attardant sur les dessins de *harqous*. Il appelait cela sa cocaïne brune. Très chatouilleuse, je me cabrais sous son souffle. Il passait sa main dans mes cheveux, me caressait la nuque et me calmait par un « Tout doux, tout doux, ma *zinette*[1] », comme on calme une jument trop nerveuse.

Il prenait le temps de laper, sucer, ouvrir les plis, arroser de salive, titiller par le bout du nez, le bout de la langue puis le bout de sa superbe queue chaque partie de mon corps qui lui répondait par sueur, chair de poule,

1. Diminutif de *zina*, « beauté ».

cambrements, exhalaisons et par une mouille abondante que lui seul savait faire couler sans lubrifiant.

Comment réussissait-il à se retenir alors qu'il débarquait avec une érection bien visible avant même que je ne me déshabille ? Je ne l'ai su que le jour où il m'a montré un petit pot en grès en s'exclamant :

— Dieu bénisse l'Inde et ses fakirs libidineux ! Un peu de cet onguent parfumé à la cardamome suffit à maintenir le zob en éveil et peu pressé de conclure.

Avec un membre ordinaire mais doué de patience et de persévérance, Marouane déclenchait en moi des orgasmes cataclysmiques, qui partaient du clitoris turgescent et explosaient dans les parois du vagin tout en secouant l'utérus tout entier par des rafales de plaisir quasi douloureuses. Ce n'était qu'en me voyant basculer dans l'extase absolue qu'il s'autorisait à éjaculer, toujours à genoux, sur mon ventre et mes seins, hurlant à pleins poumons, roi couronné d'astres et flammes.

Un jour, alors qu'il attendait le taxi qui devait l'amener à l'aéroport, je lui ai demandé :

— Mais pourquoi tu ne t'es jamais marié ? Tu ne veux pas avoir de gosses ?

Il a éclaté de rire :

— Avec une Européenne ? Jamais !

— Mais enfin, ne me dis pas que tu es raciste !

— Je suis puriste. Là-bas, faut baiser la nana dès qu'elle sort de la douche puis filer dare-dare avant qu'elle ne revienne des toilettes. Pisser, chier et s'essuyer avec du papier, ça te fait schlinguer la meuf à des kilomètres. Moi, je baise avec le nez ! Il me faut une Zahra qui se lave le cul à l'eau pour me calmer et prendre le temps de faire quelques chiards aux cheveux crépus.

J'ai secoué la tête, désespérée. Ah, Marouane, si tu savais… Si tu savais la puanteur des boucs locaux. Il suffirait que tu assistes à la prière du vendredi coincé au milieu de putois qui font semblant de prier, mais ne se nettoient ni le cœur ni les couilles. Même pour aller déranger Dieu dans Ses mosquées cathédrales.

Depuis sa putain de révolution, ce pays dégorge des islamistes dans les rues et sur les trottoirs telle une armée de morpions. Je ne voyais pas d'inconvénient à baiser avec l'un d'eux, à condition qu'il se récure à fond les dents, la barbe et le pubis. Lotfi faisait partie de ceux qui prêchaient et priaient le jour puis allaient aux putes, une fois la prière du soir expédiée. Le plus marrant dans son affaire, c'était qu'il se mariait halalement avec moi avant de me sauter, et me répudiait au nom d'Allah et Son prophète après consommation. À chaque fois, je le regardais, effarée, réciter la Fatiha et le takbir avant de se débarrasser de son qamis. Se donner un mal de chien pour amadouer un Dieu qui n'est pas dupe est tout bonnement pathétique. Comme il payait bien, je m'interdisais de lui dire ce que je pensais exactement de ses pieuses bouffonneries.

Il s'est avéré plus fine mouche que je ne l'avais cru au départ. Son coup tiré, il s'est attardé au salon, a mordu dans une pomme, tripoté quelques bibelots puis a lancé d'une voix neutre :

— Je ne te demande pas de m'aimer, mais ne me méprise pas... Après tout, je suis le boss de l'émir qui te sert de rabatteur.

— Je ne te méprise pas.

— Mais encore ?

— Tu m'indiffères, c'est tout. Chacun son monde, chacun son boulot, chacun ses accommodements avec sa conscience. Tu sais très bien que nous ne sommes en aucun cas mari et femme. Alors, ta Fatiha, tes *alahou akbar*...

— Ils ne visent pas à tromper Dieu mais à sauver les apparences devant Ses créatures.

— Ses créatures doivent se fendre la gueule en imaginant leur chef faire la prière chez une prostituée.

— Je peux t'assurer que personne ne se marre ni devant moi ni derrière mon dos.

— Parce qu'ils ont peur.

— Oui, mais pas de moi. Ils ont peur de crever de faim si je les éjecte des circuits de la contrebande qui partent du Niger et arrivent à Ras Jedir, chargés de cigarettes, huile végétale, café, sucre, chocolats, essence, neige et lingots d'or. Je brasse des milliards, tu sais.

— Tu fais le bonheur des banquiers, chéri !

— Mon argent n'est pas à la banque. Il est planqué dans le sable en palettes plastifiées. Ma fortune se mesure en mètres carrés de devises planquées sous terre.

J'en possède trois hectares du côté de Ghomrassen. Je te ferai visiter si jamais tu as envie de boire du legmi frais chez mes amis du Djerid… Le jus de palmier est aphrodisiaque, le sais-tu ?

Je ne le savais pas mais j'avais appris à force de persévérance que l'on ne tient l'humain que par le ventre et le bas-ventre. Tout le reste n'est que psaumes et littérature.

Je ne suis pas allée au Djerid, ayant une sainte horreur du désert, de ses dunes, ses lézards et autres varans à l'aspect aussi repoussant que celui des contrebandiers arracheurs de cœurs et vendeurs de reins d'enfant.

En revanche, j'ai fini par aller au Maroc grâce à Simo. Il m'a offert le Moghrib comme on apporte une grappe de raisin sucré et frais à un assoiffé, en plein août caniculaire.

La nuit de Simo

Bien que surnommé « le Jap' », Simo était marocain jusqu'au bout des babouches. Long, sec et souple, sa peau avait une couleur de terre cuite juste sortie du four. Ses yeux bridés lui donnaient son surnom et un regard de chat faussement somnolent. Leur couleur gris-bleu était encore plus surprenante que leur forme. Il prétendait les devoir à une lointaine grand-mère bretonne. Je crois qu'elles lui venaient plutôt d'un grand-père mécano américain de la base aérienne Port-Lyautey, levé par son aïeule dans l'un des bars de Casablanca par un soir d'hiver et de guerre mondiale. Le Jap' m'a été présenté dans l'un de ces banquets fastueux où les cadres des grandes banques et les pontes de la finance et du consulting se retrouvaient en petit comité pour nager, sniffer, baiser et faire des affaires, sur les hauteurs de Gammarth ou dans les villas de Sidi Bou Saïd, où les piscines remplies de champagne sont d'un banal affligeant.

Je devais rentrer avec le leader d'un parti pseudo-moderniste mais largement wahhabite, récemment divorcé. Il a suffi que le Jap' m'invite à danser une salsa, me raconte les deux dernières blagues qui font rire aux larmes Casablanca pour que j'accepte sa proposition d'aller faire la fête ailleurs.

Nous avons atterri dans le meilleur restaurant de poissons et fruits de mer. Nous nous sommes découvert une commune passion pour les langoustes, la salade de poulpe, la bisque de homard et les macaronis au pagre façon tunisienne, c'est-à-dire piquante, odorante, provocante, tuante. Je me dois de reconnaître que ce pays de nullards pansus et fessus a une cuisine de la mer si bonne que cela relève presque de l'indécence. C'est l'un de rares bonheurs qui me font supporter sa déchéance flagrante et irréversible.

On s'est soûlés méthodiquement la gueule, Simo et moi, au point que nous n'avons rien pu faire quand on s'est retrouvés vers 3 heures du matin dans son plumard, aussi ronds que la Terre, hilares et incapables de nous dévêtir. Cela a été l'une des plus belles cuites de ma vie et j'espère qu'elle ne sera pas la dernière.

Je sirotais un espresso bien serré quand il a émergé de la salle de bains, nu et mouillé, et qu'il a décrété :

— On part à Casa dans une heure. Chuuuuuut ! Le pilote du jet est prévenu. Tu prendras ta douche et tu te changeras dans l'avion. Tu fais du 86-61-89 à vue de nez... Allez, grouille ! On doit quand même passer chez toi chercher ton passeport.

Trois heures après, je roulais dans une limousine de star aux côtés d'un fou furieux, génie de la finance et maître des coups de tête. J'ai baissé la vitre fumée, me suis penchée au-dehors et j'ai poussé un « Wawwwwwww » de louve libérée.

J'ai adoré et adore Casablanca. Je suis folle amoureuse de l'Atlantique, du resto du port, des halles et étals de vendeurs de poiscaille où Simo m'a emmenée manger des huîtres, acheter des rougets et des calamars pour les faire préparer dans un bar kitsch à souhait, arrosés de bières et de musique reggada. J'y ai dansé accompagnée par un vieux monsieur édenté et une dame en survêtement rouge horrible, complètement défoncée au vin et au kif.

Et bien sûr, on a baisé Simo et moi comme des chiens enragés, puis comme des escargots lubriques ou encore comme des baleines planquées au fond d'eaux froides, noires et insonorisées. Des baleines qui nagent synchro, imbriquées, nullement pressées, qui savent rouler sur le côté, se mettre sur le dos, émerger, souffler et replonger. Des baleines qui savent jouer, chanter et éjaculer en paix.

Il n'a jamais été question entre le Jap' et moi de sous, nationalités, griefs et conflits. Il y avait juste ma Rimitti folle à lier et sa Hamdaouya faussement frêle aussi concentrée qu'une essence de poison ou de miel, au choix, les classiques de Cheb Hasni, les vieux albums de Khaled avec sa voix en or liquide et son rire reconnaissable entre mille, ceux de Cheb Mami qui me fait pourtant pleurer quand il chante « Idouha aliya, el boulissiya », les cantiques syncopés d'Abdelhedi Belkhayat et la majesté rebelle de « Ka Tajebni » d'un Abdelwahab Doukali fier et têtu. Quand il a mis le « Ana mana fayech » d'Essawiri, j'ai éclaté en sanglots. J'ai marché sous les mots et la musique du chant mystique comme on marche sous la pluie et suis entrée dans le Jourdain pour m'incliner devant Yahia, le Baptiste, et recevoir de ses mains l'eau de la confiance.

J'ai traîné dans les derbs de Casablanca, acheté des babouches et des USB de musique underground. Il suffisait que je dise bonjour pour qu'on me propose les derniers tubes de raï encore inconnus des Algériens eux-mêmes. J'ai trouvé toutes les musiques du monde téléchargées, des sites crackés et vendus pour quelques dirhams. Ce pays qui cultive le kif, le vend au nez et à la barbe de l'Europe, ce pays qui chante le chaabi, l'andalou de Grenade, les negro spirituals d'origine et même la musique des cataractes du Nil, ce pays qui regarde impassible l'Atlantique rouler à ses pieds et l'Espagne se raconter des bobards, ce pays m'a fait du bien et me plaît.

Alors, qu'on dise les Marocains portés sur la fumette, le commerce au noir avec les esprits maléfiques et marabouteurs, je m'en fiche comme de l'an quarante. J'ai passé un mois avec Simo dans le quartier Racine sans que personne vienne me casser les couilles avec des remarques désobligeantes ou des sentences bien pensantes. Pourtant, l'épicier comme le cireur de chaussures et le garçon de café savaient que j'étais algérienne et que je vivais avec leur Marocain sans *sadaq*, dans le péché et la jouissance libre. Le plus berbère des pays maghrébins est aussi le plus matriarcal, le plus fou, le plus respectueux de la tragédie intime des femmes et des hommes, la douleur muselée des terres sans eau livrées à l'arbitraire du ciel, la colère de la pierre chauffée à blanc, stérile et inutile.

J'ai nagé dans l'océan, dansé dans les boîtes branchées, mangé dans les restos à la mode, sifflé des litres de bière « Casablanca » et englouti une montagne de hamburgers. J'ai acheté des fringues chères et des foulards aériens dans des boutiques portant enseignes et logos prestigieux, fait chauffer la carte bancaire de Simo qui riait de mes allures de *Pretty Woman*.

J'ai refusé ses propositions d'aller à Fès, Marrakech, Essaouira, juste parce que je voulais boire Casablanca au goulot et le sucer, lui, tous les soirs. Oui, je sais que les femmes n'aiment pas sucer les mecs même si les mecs adorent cela. Pour ma part, je me suis découverte gourmande et portée sur l'amour buccal tant que mon partenaire est propre, astiqué, qu'il sent bon et qu'il a le membre joliment taillé et de taille satisfaisante. Ne croyez pas les charlatans qui vous disent que la taille ne compte pas. Si, si, ça compte beaucoup car en vérité rien de plus triste qu'un membre lilliputien qui ne sait ni taquiner l'entrée, ni racler les parois, ni se ficher dans le col de l'utérus. Un pénis imposant trouve toujours moyen de se loger là où il faut et tenir le choc des va-et-vient endiablés. Une petite bête est vite vaincue par le poids du chagrin. Celui de ne pouvoir atteindre le fond du chaudron en ébullition.

C'est entre autres pour cela que je tiens à mon plaisir personnel et égoïste de caresser un zob longuement, délicatement dans son slip, d'en sentir la progressive dureté, d'en découvrir l'érection comme on découvre une main au poker. Lentement, en distillant le temps et la sensation. Il me semble que peu de choses rivalisent de beauté avec le spectacle d'un sexe masculin tout en nerfs, vaisseaux et fluides, secoué de soubresauts, impatient d'en découdre. Le prendre en main puis le caresser des lèvres, enrouler sa langue autour, l'aspirer et le sortir long, luisant, tressautant, gorgé de sang et de bonnes résolutions. Ne pas oublier les coquines parfois grosses, parfois petites et serrées, remplies de foutre et d'immenses jouissances. Gober, coulisser, engloutir, couvrir de salive, secouer, temporiser, retarder, faire souffrir et décider à la dernière seconde de s'ouvrir et de hennir ou laisser le mâle gicler en longs traits laiteux et le voir défaillir et hurler de plaisir.

Le défilé des hommes, triste et joyeux tour à tour, m'a fait admettre ma nette préférence pour leur compagnie. De fait, je n'ai pas d'amie et je n'en éprouve pas le besoin. Tante Mahbouba, Chahd et même Radhia n'ont été que des étoiles filantes qui ont traversé mon ciel adorateur de phallus turgescents plutôt que de nichons maniérés et colporteurs de ragots. Plus sérieusement, un mur d'incompréhension se dresse entre la gent féminine et moi, bâti de méfiances et de jalousies réciproques. Même brillantes, même battantes, et Dieu sait si ce pays en compte, il m'est plus facile de les admirer que de les aimer et fréquenter. La nationalité n'y est pour rien, le signe astrologique non plus.

En vérité, les femmes m'ennuient et me font peur tout à la fois. Retorses, elles tiennent plus du serpent originel que de l'ange Gabriel. Même Iblis, le Maléfique, leur reconnaît un pouvoir qui surpasse le sien. D'où le tiennent-elles ? Je crois qu'elles le doivent à leur capacité d'attendre, de patienter, s'effacer, se faire oublier, se faire battre, se faire insulter, se faire violer et se faire avorter. Elles sont indestructibles, scorpionnes et vipères qui n'aiment que ce qu'elles pondent tant elles s'adorent. Je suis sûre que les hommes le savent d'instinct et cherchent à les écraser à coups de gourdin pour échapper à leur morsure fatale. Mais voilà ! Les femmes ont aussi ce côté sacré qui les associe à Dieu dans l'immense et douloureux effort de création. Ce qui explique entre autres pourquoi les mères prennent en otage tandis que les pères sont plus enclins à abandonner.

Mon père me manque, *ya Rabbkom*[1] !

Une seule femme, une seule, Raoudha, a forcé mon respect par son courage de mère riche et célibataire. Elle a toqué à ma porte un matin et je lui ai lancé avant même qu'elle n'ouvre la bouche :

— Je ne baise pas avec les nanas, *ya* Madame ! Au revoir !

— Je suis venue fumer une cigarette et vous proposer un contrat. Ouvrez !

Elle s'est installée, a réclamé un Coca mais je n'en avais pas.

— Va pour un café ! a-t-elle soupiré.

Blonde, grande, bien habillée, bien élevée, elle est allée direct au but :

---

1. Blasphème.

— Je veux que vous vous occupiez de mon fils. Taisez-vous et écoutez-moi.

L'initiation de Reza

Raoudha avait perdu très tôt un mari pilote de chasse, mort lors d'un stage en Suède. Issue d'une famille nantie, elle avait refusé de se remarier et élevait seule son unique fils, Reza, du nom du shah d'Iran que son mari admirait. Elle dirigeait une usine textile totalement exportatrice et envoyait son fils à l'école française. Ses études comme ses vacances et cours de tennis lui coûtaient un bras.

— Mais je ne me plains pas !

— Et vous êtes là pourquoi ?

— Vous êtes au courant pour le gosse qui a lardé sa mère à coups de couteau dans le quartier Ennasr ?

— J'en ai vaguement entendu parler, oui. Un détraqué et un foutu drogué.

— Je n'arrête pas d'y penser. Mon gamin est gentil, appliqué, attentionné. Il dit oui à tout ce que je lui demande de faire. Et cela me fait peur. Trop normal pour être normal.

— Excusez-moi ! Vous voulez quoi ? Qu'il fasse flamber les chats du quartier et se shoote au LSD ?

— Je veux qu'il soit réellement normal, équilibré, bien dans sa peau. Je veux qu'il sorte avec des filles, qu'il boive et baise comme un garçon normal.

— Il a quel âge ?

— Seize ans.

— Vous êtes cinglée ! C'est encore un gosse. Foutez-lui la paix.

— S'il vous plaît. Occupez-vous de son éducation. Je ne peux pas demander ça à ses oncles bigots ni à mon mec qui risque de lui mettre son sexe à la bouche. Je ne fais confiance à personne dans ce pays qui n'a plus ni queue ni tête.

— Mais je risque la prison, moi ! C'est un mineur !

— Je le déposerai moi-même ici tous les vendredis soir. Apprenez-lui à jouer avec son corps, à en jouir. Faites-lui découvrir ce qu'est une femme, une vraie, sans tabous ni dervicheries. Je vous paierai cash ou par chèque six mois d'apprentissage.

— Et s'il est homo, on fait quoi ?

— Ce n'est pas grave. Présentez-lui un homo gentil qui lui apprendra à aimer sans se mépriser.

C'est ainsi que je me suis retrouvée à dessaler un gamin qui pisse encore dans son lit, sur ordre d'une mère affolée par la violence effarante des jeunes et leur incompréhensible cruauté.

Supérieurement doué pour les maths, Reza est venu me voir tous les vendredis pendant les six mois payés par sa mère et jusqu'à son départ pour Harvard. Nous avons préparé des quiches et des omelettes, joué aux échecs, pris des bains ensemble et écouté ces vieilles pines de Pink Floyd avec des amplis Marshall fauchés à sa mère. Il a perdu sa virginité heureux et consentant, après que je lui ai expliqué comment il doit toucher une femme : avec bienveillance, tendresse, patience et curiosité. Il n'a pas arrêté d'éjaculer, incapable de se maîtriser au simple contact de ma vulve. Je lui ai appris à respirer, temporiser, compter jusqu'à dix, pour juguler le flot intempestif qui monte des reins comme une lame de lave et gicle tel un trait de feu en pulvérisant tous les barrages.

À force de s'appliquer et de recommencer, Reza a fini par garder une joyeuse érection juvénile le temps nécessaire pour que je puisse l'accueillir dans mon fourreau, le serrer doucement puis de plus en plus furieusement dans un étau à la fois ferme et liquide, l'aspirer jusqu'à ce que sa bite se fiche dans le col de mon utérus et le broyer, déchaînée, par un mouvement du bassin qui fait sauter tous les bouchons de champagne et me comble d'un plaisir que donnent rarement des mecs plus âgés que lui, et plus pressés de se soulager que de jouir pour de vrai.

Mon voyage au Maroc avait lézardé la relative routine où je m'étais installée. J'ai refusé plusieurs clients et n'ai gardé que le nombre nécessaire à ma survie financière. Le luxe est pire que la gale. Il m'a collé des démangeaisons aux mains et à l'âme. Je me suis surprise à astiquer le bidet et la gazinière en marmonnant des « Pourquoi pas moi ? » rouspéteurs. Mon humeur virait au vinaigre, non pas tellement à cause du fric que par la certitude de mener une vie étriquée alors qu'une existence parallèle, plus lumineuse, plus dangereuse et plus vraie, attendait que je fasse un pas de côté.

Quand le temps vire à l'orage, il vaut mieux éviter de demander conseil à un homme. Zaher le banquier pensait que je lui faisais la gueule parce que je n'arrivais plus à remplir mon carnet de rendez-vous. Touchant de cécité, il n'arrêtait pas de me supplier :

— Fais un peu la difficile, poupée.

— Je t'interdis de m'appeler poupée. *Rabbek*. Tu te prends pour Polnareff ?

— Joue les salopes, repousse le mec, crie au viol. Griffe-le. Mords-lui le nœud. Les hommes adorent qu'on leur résiste.

— Ferme-la, s'il te plaît. Tu me colles la migraine.

— Et jouer, hein ? Tu ne veux pas jouer ? Tu me fuis, tu ouvres la porte, je te cours après et t'attrape par les cheveux avant que tu n'arrives à l'escalier.

— C'est toi qu'on va retrouver comme un sac-poubelle en bas de l'escalier si tu ne me lâches pas la grappe !... Tiens, je te rends ton fric. Casse-toi, par la tête de ta mère. Allez, ouste.

Jouer les proies ? Et quoi encore ? J'étais de fait une proie qui courait, avec une cible peinte sur le cul. Je me sentais fatiguée par la quantité de vies qui étaient les miennes, vécues à tort et à travers, celles de tant d'autres traversées au galop. Je me réveillais de plus en plus souvent la bouche pleine de cendres, voulant tout plaquer, tout planter là et partir vendre des cornets de pois chiches bouillis dans les derniers bars que comptait la ville. Mais j'en revenais toujours à la sordide arithmétique qui me certifiait, chiffres en main, qu'une tonne de cornets de pois chiches vendue chaque jour ne saurait couvrir le loyer et, surtout, la facture d'électricité.

Pourtant, un jour, la goutte destinée à faire déborder la coupe s'est pointée chez moi sous le nom de Salah, revenu de France après trente ans d'exil, disait-il.

Le quinquagénaire loser endurci n'était pas venu pour baiser mais pour me casser les couilles avec sa Sorbonne, son café Cluny et son 115, boulevard Saint-Michel.

Il a cru m'impressionner avec sa chemise Mao impeccablement repassée et son béret bleu. Je déteste les bérets. Surtout ceux portés par les gauchistes de pacotille locaux. Au lieu de filer prendre une douche, Salah s'est installé dans mon salon pour soliloquer. Tout y est passé. Mai 68, l'université d'Assas, Nanterre, ses frères arabes, ses cousins africains, les baassistes de Saddam, ceux d'Assad père, Barbès, les radios arabes, Kadhafi qui se poudrait le nez et jactait douze heures à la file sans pause ni message cohérent.

— Mais tu débarques d'où, mec ? Tu es venu tenir une conférence ? C'est qui ces connards dont tu me parles ? Tes amants ?

— Comment oses-tu me parler ainsi ?

— J'ose et demi. Allez ! Fous-moi le camp ! Je ne veux ni de ta gueule ni de ton fric.

Qu'avais-je à faire, moi, la pute qui s'assumait, de la galerie d'horreurs qu'il était passé me présenter à domicile ? C'est qui les Arabes ? C'est qui le Hamas, l'OLP, Nasser, Jérusalem et le Sinaï ? C'est qui ces têtes à claques, ces villes qui valent peau de *zebi*, toute cette quincaillerie qui pue la fin de l'histoire ? « Qui êtes-vous ? » s'était écrié Kadhafi avant de se faire enfoncer une baïonnette dans l'anus et de mourir lynché, et même pas rasé. Personne n'avait eu la présence d'esprit de lui répondre « Nous sommes légion », comme le diable avait eu le courage de rétorquer à Jésus. Non, je ne suis pas spécialement conne et j'ai fait un peu d'histoire et de géographie. J'admets connaître la Medjerda qui part de chez moi, à Souk Ahras, et se jette quelque part ici, près de Bizerte, m'a-t-on dit. J'admets connaître Dubaï par ouï-dire, La Mecque par les photos et Casablanca pour y avoir dansé. Mais le reste, la somme des histoires décotées et périmées, que voulez-vous que j'en fasse ?

Avant de prendre la porte, Salah m'a abreuvée d'injures. Certaines étaient inédites : vendue, collabo, harki, bâtarde. Je suis allée chercher un tournevis dans un tiroir et suis revenue le prévenir :

— *We haqq el Mostafa Mohamed*[1], sur la tête du Prophète, si tu ne te tires pas *illico*, je te plante ça dans l'œil et regarderai gicler ta cervelle sans même appeler les secours.

Il a raté la première marche et s'est fracassé contre la porte d'entrée de l'immeuble. Je n'ai pas appelé les secours mais je sais qu'il n'est pas mort. Il s'est juste cassé la mâchoire, trois côtes et quelques orteils.

« *Asba* sur sa tête », aurait dit Chahd, la sainte, en se tapant les cuisses de joie mauvaise.

---

1. « Par l'Élu de Dieu, Mahomet ».

4

PARIS

Pourquoi moi ? Pourquoi lui ?

J'ai renoncé à chercher une réponse et me suis contentée de collectionner des morceaux de roche où je revoyais l'état gazeux qui était mien à l'instant où Nizar a frappé à la porte de mon appartement à La Goulette. C'était le début de l'après-midi, un jour d'avril étourdissant de pollen et de mimosas somptueux. Je venais de me changer et n'attendais pas de client. Sur le seuil se tenait un inconnu sapé comme un mannequin. Il sentait discrètement l'*Eau d'orange verte* d'Hermès. Il est entré sans attendre ma permission, s'est assis face au balcon, a allumé une Camel puis enlevé ses lunettes de soleil à monture ronde Bulgari.

Brusquement, j'ai eu l'impression d'être dans un rêve, une autre dimension. Tout était trop beau, trop cher, trop élégant pour l'endroit, le quartier, le pays et pour moi. Il n'était pas possible qu'un mec sente aussi bon, soit aussi propre et qu'il fume tranquillement dans mon appartement en maître des lieux.

Il a fini par parler, me tournant toujours le dos, illuminé par le soleil comme par les feux d'un projecteur :

— Je t'ai vue manger une glace chez Alfred. Pour une étrangère, tu sembles vachement au courant de ce qui est bon, dans le coin. Moi, je suis plutôt classique. Vanille et chocolat pour les glaces, mais on m'en a fait goûter une à la mandarine qui mérite le détour. Tu devrais essayer.

Il a tourné la chaise pour me faire face et a continué :

— Bon, je ne suis pas venu discuter des goûts et des parfums qui ne se discutent pas. Je suis là pour affaires. Si tu dis oui, tu quitteras cet appartement ce soir. Tu auras un compte bancaire, un passeport tunisien et même une Porsche Carrera si tu veux mais ce sera dans un an. Je te déconseille la Porsche. Elle est trop voyante et des ministres viendraient sûrement gratter à ta porte pour demander l'aumône s'ils te voient à son volant. Il vaut mieux avoir plusieurs voitures de location avec chauffeur. Je me charge des frais. Tous les frais. Je peux avoir un verre d'eau ? Froide, s'il te plaît.

Le verre d'eau glacée ingurgité, il a repris :

— Tu peux t'asseoir. Je ne vais pas te manger. Tu peux fumer mais mes cigarettes sont trop âcres pour toi. Je ne sais pas tout de toi mais assez pour te proposer un deal équitable. Ne m'interromps pas avec des « Pourquoi moi ? » débiles. Je n'en ai rien à foutre, de ton cul. Je ne suis pas proxénète. Si tu bosses pour moi, tu devras arrêter ton *qohb* à la con mais garder le voile pour les grandes occasions. Tu as des couilles ou tu n'es qu'une tocarde ?

Moi ?

Moi, je suis une Algérienne qui s'est paumée dans un pays en perdition, veuve avant l'heure, pute qui se respecte et se fait respecter. Je suis surtout une millé-niale normale toquée de Rihanna et je me passe « Man Down » en boucle les jours de déprime. Je collectionne les sneakers, les sweats amples et les jeans *destroy*. Je suis une fille qui planque une paire de Dad Shoes au fond d'un placard miteux où j'ai réussi à suspendre un blazer Mango rouge déniché aux fripes. Et je suis dingue des derbies Girotti, des pulls en cachemire, lunettes griffées, de tout ce que font les Gucci, Louis Vuitton, Burberry et surtout des montres Richard Mille. Je ne regarde pas la télé, je hais Facebook et je vomis Twitter. Insomniaque incurable, je me gave de séries et films chopés sur les sites de streaming gratuit. Je vadrouille entre YouTube et Instagram, joue à Cooking City et abhorre Candy Crush.

D'entendre ce mec pété de fric qui saturait l'air de son parfum coûteux, assis tranquillement dans mon salon, devenu sous son regard gris-vert gravement misé-reux, me proposer de travailler pour lui a réveillé mes vieux ulcères. Pour changer de statut dans la chaîne ali-mentaire, il faut être le plus costaud, le plus intelligent, le plus cruel et le plus terrifiant. Ou le plus enragé. Je suis une enragée.

J'ai dit oui.

Il a répondu qu'il allait me caser dans un confortable S3 au Lac. J'ai dit OK mais avec meubles et lumières de style industriel car j'ai horreur des décors à la « sugar daddy ». J'aurais à mon service Hadad, un Marocain borgne et bossu qui garderait la résidence, et une jeune Ivoirienne qui passerait deux fois par semaine faire les courses, le ménage et porter le linge sale à la blanchisserie du coin. OK, mais je ferai ma popote toute seule pour ne pas choper une gastro-entérite ou la peste bubonique, qui sait. Je voulais faire sourire Nizar. Il a haussé les épaules, presque contrarié. J'ai accepté le marché et déménagé.

Tous les dimanches après-midi, Hadad sonnait à ma porte à 4 heures et quelques. Une heure chienne qui voit la moitié des Tunisois très moyens pioncer, rassasiés et terrassés par leur couscous au mouton dominical, tandis que l'autre moitié, un peu plus friquée, disserte affalée dans ses fauteuils en simili-osier sur la meilleure façon de cracher son foutre à la face des putes de mon genre. Débat qui fait pouffer de rire les pouffiasses caquetantes refaites à prix d'or.

Hadad le borgne, le bossu, le taciturne, l'effacé se pointait, lui, raide et ponctuel, me remettait la feuille de route de la semaine puis repartait, sans un bonjour ni un au revoir.

Il ne m'a pas été difficile de comprendre que le bonhomme n'était ni plus ni moins l'homme de confiance de Nizar, la boîte noire de ses activités, capable de tuer et se tuer pour lui. C'était aussi un faiseur de miracles. Vous pouviez l'appeler à 2 heures du matin, lui demander de vous rapporter une chicha parfumée à la pomme, Beyoncé et Kim Kardashian pour une fiesta privée, ou de faire atterrir un Airbus dans votre parking, il s'exécutait sans tiquer. J'exagère à peine mais je savais l'étendue de ses pouvoirs pour l'avoir vu sortir de jeunes couples complètement *stoned* par les toits d'un immeuble au nez et à la barbe de la brigade des stups, leur évitant de justesse d'être envoyés en taule pour au moins cinq ans. Il dépannait toute la banlieue nord de Tunis en whisky, coke et devises et faisait assez peur à ses solliciteurs pour être payé rubis sur l'ongle. Car ce Marocain installé depuis trente ans en Tunisie connaissait à mon avis trop de choses sur trop de monde pour se laisser marcher sur les pieds. Et c'était lui, d'évidence, qui avait recommandé à Nizar de m'embaucher.

Je vais peut-être vous surprendre mais je pense que Hadad avait de la tendresse pour moi. Une tendresse toute paternelle qui s'exprimait par de menus détails, tel un approvisionnement régulier et gratuit en orangettes Godiva et Petit Beurre de Lu, ce concentré de douceur algéroise, bien que français de fabrication et d'appellation. Comment avait-il découvert l'une de mes rares gourmandises ? En fouillant les poubelles en mon absence, évidemment.

Je savais que Nizar voulait faire de moi sa rabatteuse djihadiste de l'autre côté de la mer.

— Tu vas larguer les afghanisés camés du Kram, bons à dealer du shit, de la cocaïne « sale » coupée aux pires préparations chimiques et du cul bon marché. Tu vas t'occuper de choses plus sérieuses.

— Quoi ?

— La Marchandise.

J'ai dit oui. Il m'a donné un vrai passeport tunisien et un faux passeport libyen, des devises et des instructions. Brusquement démonstrative, débordante de gratitude, j'ai hurlé :

— *I love this game.*

D'abord surpris, Nizar a secoué ensuite la tête, visiblement fâché.

Tout le temps où je me suis occupée des affaires de Nizar en France, en Belgique, au Luxembourg et à Dubaï, jamais nous n'avons parlé de ghobra, zipette, sucre, neige, renifle, chemma, poudre, starr, rail, blanche ou de la bidha, mon amour chanté par Cheb Hasni que les clébards du FIS ont abattu à Gambetta, Oran.

Mon job se résumait à convoyer la Marchandise jusqu'à Dubaï à bord d'un coucou privé tout en cuir blanc et bois d'ébène, me faire servir à bord du caviar, des blinis, du foie gras et du champagne rosé par des hôtesses érythréennes, éthiopiennes ou ukrainiennes, monter dans des limousines de la taille d'un paquebot, m'y faire resservir de la Vittel glacée, remettre des valises à un Libanais sosie de l'émir saoudien El Walid, réceptionner des valises métalliques scellées, remonter dans le coucou et atterrir quelques heures plus tard, fraîche, poudrée et alerte au Luxembourg, remettre les valises sur le tarmac à un Noir nommé Zorba, me glisser dans une BMW ou une Range Rover, franchir la frontière belge, m'installer dans une suite royale réservée à l'année dans un grand hôtel, me requinquer par un bain aux algues et un massage aux essences rares avant de ressortir pour rencontrer Nanosh, le Tzigane, dans l'une des boîtes de nuit de la ville. Un jeu de faux papiers m'attendait à chaque escale. L'aisance avec laquelle je changeais d'aspect et d'identité m'a valu dans le milieu le surnom de « Oum el Boya », le caméléon, exception faite des Marocains qui m'ont perfidement appelée Tata – le caméléon dans leur langue de pute locale.

Nanosh, le Manouche, aurait dû se nommer Pazuzu, comme le démon du film *L'Exorciste*, non pour son aspect qui était plutôt banal, mais pour la terreur qui figeait toute créature sur laquelle se posait son regard reptilien. Ses mains étaient couvertes d'écailles tatouées à l'encre de Chine. Son cou aussi. Le timbre de sa voix ressemblait à du verre brisé. Il était le boss de la Transylvanie, le maître des Carpates. Il collait la trouille à toute la faune criminelle et même aux psychopathes albanais. Marocains et Algériens lui mangeaient dans la main comme des toutous. Je le voyais pratiquement chaque mois pour lui donner des nouvelles de l'Afrique de l'Ouest, du Mali, du Niger, de la Libye et de la Tunisie. Il s'occupait de l'Europe mais gardait un œil sur la péninsule Arabique, Dubaï, le Qatar, un bout du Liban et de l'Iran, et aussi et surtout sur Odessa où ses amis ukrainiens verrouillaient les circuits de la fortune. Les nouvelles que je lui apportais étaient chiffrées selon un code à base de symboles chimiques. Transmises oralement, elles se diluaient et disparaissaient quasi instantanément.

À la fin de l'entrevue, qui durait à peine vingt minutes, un de ses sbires me déposait à la gare où je sautais dans un Thalys qui me faisait débarquer gare du Nord, voilée ou non, gantée ou niqabée, avec un nouveau jeu de faux papiers, prête à me fondre dans la faune de la Seine-Saint-Denis pour y recruter une nouvelle fournée de dindes en mal de baise djihadiste.

Un jour, j'ai reçu l'ordre d'aller crécher chez une certaine Nathalie en attendant ma nouvelle mission. J'ai compris qu'il n'était plus question de trimballer de la drogue ou des valises pleines de billets, mais de plus grave. Nathalie habitait dans l'une des barres de la cité des Tertres. Ma valise défaite, j'ai filé chez le boucher acheter un bon kilo d'agneau halal pour préparer le couscous. Je suis tombée en plein jour de marché. Voilée jusqu'aux yeux, j'ai traversé non un marché mais un foutoir neuronal total, pullulant de barbes épaisses et de boucs mal taillés colorés au henné, de qamis pas toujours propres et de cartons de légumes éventrés. Je me suis cognée, ahurie, à la camelote hissée sur cintres, heurtée à des ustensiles en plastique, ai trébuché contre les monceaux de contrefaçons très bas de gamme, me suis écorché les oreilles aux accents à couper au couteau, aux bribes de rap, aux psalmodies lénifiantes et aux prêches stridents.

La faune des inutiles qui se croise sur ces marchés indignes du bétail s'y hèle en kabyle, s'y salue en arabe, s'y marche sur les pieds en swahili, s'y insulte et s'y organise selon des codes totalement hermétiques aux gouers[1], roumis, Français de souche. Parfois, j'apercevais un couple de Blancs ratatinés, un vieil Asiatique ou une mémé métisse. Ils s'appliquaient à s'effacer, évitant tout esclandre, s'excusant d'exister et de déranger, de devoir sortir acheter une botte d'artichauts ou un kilo de patates. Personne n'y prêtait vraiment attention, tout le monde les savait inoffensifs.

En servant le couscous aux gamins continuellement affamés de Nathalie, je prêtais l'oreille à ses jérémiades de femme pas forcément moche ni irrémédiablement bête. Elle était juste un peu paumée et pas très dégourdie. Son rôle était de servir de poisson pilote pour repérer et recruter les binaires de sa génération qui cherchaient une planche de salut et s'embarquaient sur la première nef de fous que leur proposaient les baratineurs de mon acabit. Je ne suis pas restée plus de trois jours chez Nathalie, ne tenant pas à ce que la police française me colle un cookie au cul. Elle me croyait tunisienne et je me suis gardée de la détromper.

---

1. Pluriel de *gaouri*, « Européens ».

Mais il fallait bien faire la conversation de temps en temps à cette femme qui ne travaillait pas, revenue de Syrie avec trois gosses sur les bras et nullement gênée de peser quatre-vingts kilos. Elle espérait toujours se faire maquer par un Arabe car les Arabes préfèrent, c'est connu, les femmes bien en chair. Un soir qu'on était seules dans sa cuisine trop encombrée, elle n'a pu s'empêcher de me raconter son djihad à elle. De la baise licite pur jus. À mon avis, elle voulait surtout se remémorer ses orgasmes et gargantuesques orgies.

L'histoire de Nathalie

— Tu sais, je garde un bon souvenir de Abou Samir, tunisien comme toi. Il portait fièrement son nom de code syrien. Il était content de s'être débarrassé de son vrai prénom, Mohamed, trop commun à son goût, que Dieu lui pardonne. Il était affligé d'un bégaiement compulsif qui le faisait hoqueter plutôt que parler. Un handicap compensé par un physique de bandit, musclé, trapu et tatoué. Il était convaincu d'être un bon coup. Il me prenait sans ménagement, me mordait au moment d'éjaculer, recrachait mon sang avec sa salive puis roulait à l'autre bout du lit en me laissant sur ma faim.

Son mari avait été recruté dans la mosquée d'une bourgade perdue de la ville de Sfax et il s'était mis à haïr sa famille, ses amis et son quartier dès la fuite de Ben Ali, en 2011. Quand l'appel au djihad avait été lancé, il avait supplié son imam de le mettre dans le premier avion en partance pour Ankara. L'imam l'avait d'abord envoyé à Misrata, en Libye, avec une vingtaine d'autres recrues. C'est là-bas qu'il avait appris à manier les armes avec les gars du Front al-Nosra, avant d'être expédié en Syrie *via* la Turquie.

— Bien sûr qu'il a tué des gens mais toujours après avoir avalé du Captagon, reconnaissait la convertie. Faut dire qu'il n'était pas très courageux, mon Mohamed. Il m'a même avoué qu'il était là juste pour sauter des filles et gagner un peu d'argent. La vue du sang le faisait vomir. Un Algérien de Créteil l'avait pris sous son aile et tous les deux ont été inscrits à mon tableau de service, l'un me passant dessus le matin, l'autre le soir. L'arrangement ne m'a pas déplu. Il m'a même profité car Mohamed est devenu, on va dire, plus performant… J'ai entendu mes deux hommes passer parfois une partie de la nuit à discuter technique de coït. Ils disaient rêver de me « manger » à deux en casse-croûte, l'un par-devant, l'autre par-derrière. Ils l'ont fait le jour où Idleb est tombée, me coinçant à l'étage d'une villa éventrée par les roquettes. Leurs sexes que séparait une mince paroi de chair démesurément distendue se sont frottés obstinément l'un à l'autre presque toute la nuit, m'envoyant des giclées de sperme si chaudes, si épaisses que j'ai fini par jouir en hurlant, les seins empoignés par l'un tandis que l'autre aspirait goulûment mes tétons.

Mon corps saccagé a mis des semaines à cicatriser mais j'ai découvert, interloquée, que je ne demandais qu'à recommencer.

Elle a ri, reconnaissante, à ses souvenirs extasiés et continué :

— « Hé, Lounis ! criait parfois Mohamed devant la chambrée de djihadistes. Nathalie est en chaleur. Elle réclame nos deux queues pour baver son foutre parfumé à la cannelle. »

« Tout le monde riait mais moi je mouillais instantanément de l'entendre parler ainsi, ne demandant qu'à être prise et reprise jusqu'au petit matin. Tu sais, on était de vrais Walking Dead, à l'époque…

« Et puis, je suis tombée enceinte, j'ai eu mon Omar. La chambrée m'a demandé de désigner un père au hasard. Peu importait l'identité du géniteur. Tous les djihadistes sont frères et leurs enfants sont ceux de la Oumma musulmane. J'ai choisi Lounis parce qu'il était binational. Abou Samir m'a demandé une fois de me faire épiler le sexe au sucre caramélisé comme le font les Tunisiennes. Mais Lounis a refusé : “Hé ! Les poils de sa chatte sont si fins, si clairs que j'éjacule à leur contact avant même que je la pénètre. Tu veux nous priver des caresses du petit ange blanc, petit con ?” Abou Samir en hurlait de rire. Puis j'ai eu Noussayr et Khadija coup sur coup. Je suis revenue en France quand mes deux hommes ont été tués par ces porcs de Russes et avant le raffut qu'on fait maintenant sur les djihadistes, leurs femmes et leurs enfants. Pourquoi la police nous fait des misères ? On n'est pas des sauvages, quoi !

Elle a reniflé un coup sans larmes puis a repris :

— Je ne suis pas une vicieuse ni une lubrique. Je suis entrée en islam par Facebook. Un certain Djamel m'a bombardée de messages privés puis de photos puis de vidéos sous-titrées. J'ai trouvé le chemin de la salle de prière, un sous-sol d'immeuble retapé grâce à l'argent des frères en djellaba, coiffés de la calotte blanche qui me rappelle la kippa de mon grand-père paternel. J'ai porté le voile et le djelbab mais je n'ai pas supporté le niqab intégral. Quand la bande de Oussama, Sami, Khalil et Adama ont décidé de partir combattre Bachar, j'ai voulu les suivre. Mon père n'a pas arrêté de pleurer face au mur de sa chambre en gémissant : « Adonaï ! Adonaï ! Ma fille a renié le Saint nom de Dieu ! »

« J'ai été violée dans les toilettes de l'aéroport par Khalil qui n'a pas arrêté de me dévorer des yeux et de s'astiquer le manche durant le vol Paris-Ankara. J'étais vierge. On m'a dit que je devais rester pure, de me garder entière pour un homme musulman et pieux. J'ai pleuré un peu mais l'imam m'a assuré que ma virginité était intacte et le resterait pour toujours au Ciel comme sur Terre, car je soulage les soldats du Prophète sans rechigner.

« Oui, je fais mes prières. Je vis des allocations versées par les services sociaux. Non, je ne suis pas malheureuse. Je ne regrette rien et je retournerai sur n'importe quel front où l'on m'enverrait pour réconforter les combattants de la juste religion.

Nathalie a roulé quelques boulettes de pain entre ses doigts boudinés, a soupiré puis ajouté :

— N'empêche ! Se faire baiser par deux queues, c'est vraiment trop bon. Nos vénérables Oulémas devraient l'autoriser pour l'ensemble de la Oumma. Après tout, qu'importe le père ? Dieu sait qui est le père et c'est tout ce qui compte quand on se lèvera parmi les morts pour être jugés.

Je n'ai pas bronché, me contentant de hocher la tête, l'assurant de ma totale compréhension. En fait, j'avais envie de lui tordre le cou car la salope m'avait chauffée avec son récit aux détails brûlants. J'ai dû freiner mon envie de sortir tout de suite chercher un gourdin masculin aussi long qu'épais pour assouvir ma fringale. Le ventre douloureux de désir frustré, je lui ai demandé de m'excuser et me suis retirée dans l'espèce de cagibi où était installé le lit de camp réservé aux invités, pour essayer de dormir. Tendue et contrariée, je l'ai entendue haleter à travers la cloison. La salope se masturbait à côté, parfaitement consciente que je l'entendais.

Mes missions m'ont fait découvrir les fameuses cités que certains disent interdites à la France et à ses poulets. J'ai écumé les 4000, les Cosmonautes, les Stains, l'Abreuvoir, le Bois-Perrier, Sevran et autres ghettos, à la recherche de dindes en mal de frissons mystiques, érotiques ou les deux, escortée et surveillée par des *choufs* malins comme des singes et agiles comme des écureuils. Les gamines savaient plus ou moins ce qu'elles voulaient : du sexe, de la drogue, du dépaysement. Et le mariage, en bonus. Elles se foutaient de Bachar comme de l'an quarante. Il paraît que, par ses fatwas, licences et gérances libres de la charia, Daech et ses supérettes de la came et du cul auraient libéré toute une génération de ses tabous, guéri ses chancres, comblé ses manques et définitivement concassé nos sociétés corsetées dans leurs hypocrisies ancestrales. Même artificiel, même virtuel, son paradis surclasserait celui de nos parents qui en sont encore à craindre Dieu et le diable réunis.

D'après Nathalie, les filles dans son genre étaient souvent consentantes. Certaines se taisaient, d'autres avaient peur des représailles et beaucoup du mal à avouer regretter leur conversion. Des milliers de Blanches venaient à Daech par bravade, inconscience ou par jeu, pour s'éclater sexuellement. La plupart étaient restées là-bas en Syrie, en prison ou dans des camps de réfugiés couverts de poussière et de désenchantements amers. Celles qui avaient réussi par miracle à regagner la France sans se faire arrêter n'avaient pas tardé à disparaître du radar. Personne ne voulait parler de la Syrie. Comme leurs copains tunisiens, les mecs revenus du royaume d'Hadès semblaient avoir perdu l'usage de la parole. Ils vivaient enfermés chez leurs copains ou parents, prostrés, les yeux vides, le cœur éventré par les horreurs qu'ils avaient commises ou vu commettre. Beaucoup se sont suicidés et leurs corps ont été discrètement rapatriés en Tunisie, au Maroc et en Algérie. Ils sont enterrés dans des tombeaux anonymes sur lesquels personne n'a osé inscrire le nom d'Allah.

La meilleure ? J'ai revu Mondher un jour où je m'étais arrêtée devant un kebab de Belleville pour calmer une petite faim. Il était là, avec son sourire canaille, et m'a servi la bouffe enveloppée dans un papier Cellophane pas très frais.

— Toi à Paris ? Quelle surprise !

— Bof ! Je suis venue faire du shopping et acheter quelques bricoles chez les zarbis. Dis donc, ça a l'air de bien marcher, ton resto.

— L'argent n'est pas un problème, ma chérie. Demande à mes voisins *Chnawas* ! Les yeux bridés ont tout raflé à Belleville !

À son arrivée à Paris, Mondher avait été pris en main par les Khôs vendeurs de shit et de blanche. Ils lui avaient payé le bail, le matériel et avancé un fonds de roulement pour démarrer son affaire. Comme tant d'épiceries, salles de sport, salons d'esthétique, cafés à chicha, pizzerias et autres commerces surgis de nulle part, son kebab était une machine à laver qui blanchissait l'argent des caïds du département narco-islamiste. Copains et copines se faisaient refiler à l'occasion un pochon ou deux de shit gratos, enroulé avec leur kebab estampillé halal. Il fallait bien fidéliser la clientèle. Il m'a raconté sa dernière traversée qui avait été la bonne.

— J'ai chuté comme une balle de tennis sur le court de Roland-Garros après une traversée épique, *ya jeddek*. Cela a coûté une blinde à ma pauvre maman chérie qui a dû vendre ses derniers bijoux pour payer ma neuvième tentative de *harga*. Oui, la neuvième, *Wallah* !… Grâce à Dieu, ici, je suis pépère ! Tu respectes les règles et on te laisse tranquille. Rien à foutre, moi, de fourguer de la blanche, de l'ecsta ou des kalachs. Mon seul désir est de ramener maman en France mais elle refuse. Elle veut mourir sous ses oliviers, *ya nammi* ! »

Il s'est levé pour servir sa viande pourrie à une volée d'ados noirs et maghrébins, puis il est revenu s'asseoir, soudain accablé.

— Je vais te dire, moi. La France est belle à crever. Dommage qu'elle accueille ce *ghachi*[1] où toutes les ethnies, les couleurs se mélangent et donnent ce monstrueux caca que tu vois ! Je ne suis pas raciste, sœurette ! Tiens, les Marocains. J'arrive malgré tout à supporter leur accent de *chlouhs*[2]. Et les Tunisiens, peuffff ! Avec leur langage ordurier comme pas possible ! Je tolère aussi les Sénégalais. Après tout, ils sont musulmans ! Mais le reste ! Putain ! Que fait la police ?

J'ai cueilli mon sac et me suis levée pour partir en lui jetant :

— La police risque de te coffrer si tu continues de baver sur les races et les couleurs !

Il a rigolé tout en pointant un doigt d'honneur vers le ciel.

— Reviens me voir, ma poule.

Je ne suis plus retombée sur lui, mais rien n'interdit que je le recroise quelque part à Alger, Paris ou Tunis. J'espère qu'il ne se fera pas descendre un jour par une

1. « Foule ». 2. Berbères, ceux qui parlent la *chelha*, la langue berbère.

balle perdue, seul et obèse, vieille branche sauvagement arrachée à son olivier natal et jetée sans pitié dans un caniveau, à Belleville.

Ai-je gagné de l'argent ? Oui, beaucoup.

Ai-je contribué au sinistre épisode syrien en servant autant le Front al-Nosra que l'État islamique ? Sans aucun doute.

Ai-je été repérée, arrêtée, jugée, condamnée ? Repérée, certainement. Mais arrêtée, jugée, condamnée, jamais. Je n'étais que du menu fretin et l'hydre islamiste qui tient l'Europe par les couilles me protège aujourd'hui encore des enquêteurs trop renifleurs.

Ai-je éprouvé des regrets ? Non. Pourquoi devrais-je m'en vouloir d'avoir décapé ma vie, couche après couche, des hypocrisies rances, des arnaques subies comme autant de pals, des grandiloquences arabophones, des effets de manche puérils et des monceaux de cruautés qui transforment nos cœurs en dépotoirs où il est urgent de mettre le feu pour échapper aux rats et à la peste ?

Maintenant que j'y réfléchis, je me demande si c'est la beauté de Nizar qui m'a séduite ou son intelligence fulgurante, méthodique, insatiable qu'il s'évertuait à planquer sous des phrases courtes, sèches, plates et banales, débitées d'une voix médiocre et lisse.

Je ne l'ai jamais vu rire, ni manger, ni somnoler, ni boire, ni se droguer. Le vert quasi noirâtre de ses yeux était hermétique. Et même si je suis sûre qu'il se savait beau, il a toujours veillé à cadrer sa beauté, à la maîtriser telle une bête tenue en laisse par peur qu'elle ne contrarie ses plans et désirs. Elle lui servait de leurre et de bouclier.

De fait, j'ignorais tout de cet homme sauf qu'il a été au centre de tous les trafics durant des années. Trafics d'armes et d'organes, prostitution et recrutement de djihadistes, migration clandestine et commerce des médocs, vente de pétrole libyen et braconnage sur les terres tunisiennes et une bonne portion de la Libye.

Cet homme qui brassait un pognon de dingue a fait confiance à une femme, une étrangère, et lui a délégué la gestion d'une partie de sa fortune. De ses crimes et folies aussi. Ce même homme n'a jamais pu, voulu, su me dire si oui ou non il voyait mon cœur exploser sous son regard, ma tête tourner dès que je sniffais les particules de son odeur, oui son odeur et non son parfum, à dix mètres de distance, et la sueur me tremper comme une soupe dès qu'il s'adressait à moi, détaché, méthodique et pressé.

C'est cet homme qui s'est volatilisé du jour au lendemain sans laisser de trace, m'abandonnant grelottante et amoindrie au pied du Sphynx. Pour la deuxième fois, je me suis fait larguer. Mais si la disparition de mon mari ne m'a pas beaucoup affectée, celle de Nizar a ouvert un abîme sous mes pieds. Tout le désir que j'ai eu de lui et que j'ai férocement refoulé s'est condensé en une boule compacte logée au bas de mon estomac. J'ai réalisé que je l'avais désiré dès le premier jour. J'ai instantanément saigné quand Hadad est venu toquer à ma porte après mon retour de Paris pour me dire que je pouvais disposer de ma journée, de ma semaine et même du mois et de l'année car il n'aurait plus de consignes à me transmettre ni de mission à me donner.

De cette époque fastueuse et étourdissante, je n'ai gardé qu'une blessure mal rafistolée. Celle d'avoir aimé Nizar sans jamais avoir pu le lui dire ou espérer une quelconque réciprocité. Et certains soirs, en regardant les mouettes tournoyer à la recherche d'une anguille planquée dans la vase du lac de Tunis, je me disais que, même si Nizar était certainement un faux nom, je devrais me flinguer d'espérer encore, de guetter sa silhouette dans la foule qui coulait telle de la boue devant les cafés moches d'une ville que je ne me décidais pas à larguer.

Hadad est parti après Nizar. Lui au moins a eu la politesse de me prévenir qu'il quittait la Tunisie qui l'avait accueilli, nourri et enrichi que Dieu lui accorde pluies, récoltes abondantes et sérénité, pour s'installer à Médine. Rien moins que cela. Ironique mais désarçonnée, je l'ai félicité pour ce choix judicieux mais je n'ai pu m'empêcher de lui demander :

— Tu as tant de péchés que cela à te faire pardonner ?

Il a hoché la tête, essuyé son œil borgne d'où tombaient constamment des gouttes troubles, a souri :

— Vois-tu, ma fille, si je voulais me faire pardonner mes péchés, je me serais installé carrément à La Mecque. Je me serais trouvé un job de miséreux comme tous ces pauvres Afghans qui passent la journée à astiquer, pieds nus et fendillés, le marbre du parvis de la Kaaba, ou j'aurais brandi ma trique de Moutawaa pour ramener croyants et croyantes sur le droit chemin. Non, décidément, La Mecque, ce n'est pas ma tasse de thé. La Kaaba est redevenue la maison de Qoraïch, la riche. Moi, je suis un pauvre musulman qui veux juste s'asseoir à quelques mètres de son Prophète, prier avec lui, s'occuper de ses visiteurs, leur préparer à manger, leur laver les pieds, parfumer leurs cheveux et chanter le Coran à voix basse entre minuit et l'aube en présence des anges.

J'ai pouffé, incrédule. Cela l'a visiblement vexé.

— Mes péchés, dit-elle… Que sais-tu de mes péchés, fillette, et moi des tiens ? Qui peut sonder le cœur de l'homme sans avoir le vertige ? Je ne me justifie pas. Je t'explique la loi immanente qui tient les deux plateaux de la balance, *al-mizan*, en équilibre même si elle semble toujours pencher vers l'iniquité. La justice n'est pas le fait de ce monde. Nos réductions comme nos débordements appartiennent à Celui qui, Unique, Immense et Miséricordieux, peut nous supporter sans ricaner ou soupirer, excédé. Lui seul a le pouvoir de nous juger et de nous pardonner. Punir n'est pas divin, fillette. C'est le tribut du fils d'Adam, ce veule, ignare et colérique. De toute façon, personne n'a le droit de me juger ou punir, moi, Hadad, la pierre de silex qui a roulé du Rif marocain jusqu'à Tunis sans jamais ramasser de bouse.

— Mais enfin, Hadad, toi, Nizar et moi savons ce qu'il en est !

— Il en est quoi ? Qui sait quel enfer tu te trimballes, toi, et quelle géhenne terrestre embrase mon lit ? Personne n'a de comptes à rendre à personne. Nous sommes tous suspendus aux crochets de l'universelle boucherie tels des moutons éviscérés.

— Un jour ou l'autre, on devra passer devant le tribunal des hommes et payer.

— *Safi*[1] *!* Arrête de me casser les *glaouis* avec tes conneries ! Le tribunal des hommes est réservé aux gogos. Je n'en suis pas. Je ne hais personne et dors la conscience tranquille. Quant à l'argent gagné, tu sais, le blé, les swareds, les ronds, les pépètes, l'oseille, le pèze, le flouze, les drahems et les danouss, la fraîche, les

1. « D'accord ! »

liasses, les sacs et les valises pleines à craquer, tout a été distribué aux inutiles, aux moches et aux édentés, aux rabougris et à ceux qui ne manquent à personne, aux dérangés du ciboulot baveux et inoffensifs attachés au pied des arbres, aux filles balafrées et à leurs enfants frappés par la polio, la lèpre, la méningite et le paludisme, aux éclopés couverts de cloques qui sourient à Zacharie chaque matin quand il vient les nourrir d'une galette de pain de blé et d'un pichet d'eau pure. Tout a été donné à ceux qui attendent le retour de Jésus sur Terre pour se laver, rire, chanter et enfanter.

Je suis restée sans voix face à sa soudaine véhémence. D'où lui venaient ces noms antédiluviens, cet argot hybride qui tombait de partout telles des pierres de feu et de soufre ?

Trente secondes de halètement. Puis il a repris :

— Je suis là par charité car je te vois traîner comme une âme en peine depuis que Nizar est parti et je ne te dirai pas où. Je connais le mal qui te ronge, cet amour puéril pour ses yeux verts, sa peau bistrée, sa dentition parfaite. Je vais te raconter une drôle d'histoire. Accroche-toi.

— Je l'ai trouvé dans la *sakifa*[1] de Sidi Mehrez par l'une de ces nuits d'été étouffantes où le vestibule de la demeure du saint protecteur de Tunis grouillait de chats galeux et de vieux clodos si puants qu'on leur interdisait de mettre un pied dans le patio. J'y étais, moi, dans ce vestibule, allongé sur les dalles en pierre taillée blanchâtres, moi, le Marocain moins que rien, le Gharbi venu de l'Ouest, traînant son sac de jute et sa famine de ruine en chantier, de cimetière en mausolée. La *sakifa* du saint homme nous a accueillis, mon sac et moi, sans me poser de questions. Je me suis empiffré du couscous rapporté tous les jours par les fidèles pour nourrir les indigents, surtout des femmes. J'ai bu l'eau tirée du puits du patio où officiait Zouleikha la *oukila*, une dame noire chargée de l'intendance du mausolée qui m'a pris sous son aile.

« J'ai ciré les chaussures, porté des cartons, lavé le parterre graisseux des gargotes pour grappiller quelques sous. C'était l'été et, chaque matin, la cagne assommait, implacable, les habitants de Tunis d'un coup de sabot étourdissant qu'elle leur portait entre les deux yeux. Mais il faisait et il fait toujours frais dans la *sakifa* de Sidi Mehrez, le bienfaiteur de la médina et son vrai sultan.

1. « Vestibule ».

« Je n'ai pas entendu le petit arriver ou pleurer. Je l'ai découvert peu avant le lever du jour, endormi au pied d'un des piliers du vestibule. Le montagnard élevé avec les loups que je suis et dont le cœur est aussi stérile que la pierre venait de rencontrer son destin et ce destin avait le visage d'un gamin de cinq ans qui saignait des oreilles.

« Je l'ai porté à l'intérieur du mausolée et l'ai posé devant Zouleikha. Elle a tout de suite pris les choses en main. Je l'ai aidée à débarbouiller l'enfant et à lui faire boire quelques gorgées de lait. Il avait la lèvre supérieure éclatée, l'œil droit poché, le visage tuméfié. Aucun son, aucun mot ne sortait de sa bouche. Il ressemblait à un pantin désarticulé.

« La *oukila* a tout planté là pour l'emmener aux urgences de l'hosto du quartier où l'un des voisins était infirmier. Je ne sais comment elle a pu lui faire passer visites et radios, ni comment elle a convaincu les toubibs qu'elle était sa voisine et qu'il valait mieux éviter de déclarer son cas à la police et aux services sociaux. Puisqu'il n'avait rien de cassé, puisque la police ne sert qu'à gribouiller de la paperasse et à emmerder les pauvres gens, puisque les services sociaux sont débordés, puisqu'il vaut mieux qu'il reste avec elle plutôt que de se faire violer ou de nouveau battre comme plâtre par quelque sadique, puisqu'elle connaît sa mère, a-t-elle menti, et qu'elle allait le lui remettre dès qu'elle retournerait auprès de son mari dans la piaule conjugale. Elle a tellement soûlé les toubibs qu'ils ont lâché l'enfant après s'être assurés qu'il n'avait pas de fracture et qu'aucun de ses organes vitaux n'était touché. Ils ont juste omis de dire à Zouleikha que Nizar n'entendait plus de l'oreille gauche et que la droite était sérieusement endommagée.

Je vous laisse imaginer la tête que je faisais en écoutant Hadad débiter son histoire, son conte de fées, son film de Noël à l'eau de rose. Je me répétais : « Il se fout de moi, sûr et certain. *Yeqaad biya*, le vieux renard, qui me prend pour une "stationnée", une "freinée" grave. » Pourtant, quelque chose dans le ton, dans l'attitude ou même dans la vitesse avec laquelle son œil perdu égouttait son eau me serrait le cœur. Et s'il disait vrai, le *maskhout*[1] doublement maudit ?

Hadad a enchaîné après s'être mouché :

— Tu es trop jeune pour écouter, trop pressée pour digérer. Je te fais le résumé en accéléré, va. J'ai gardé l'enfant. La *oukila* lui a débrouillé de nouveaux papiers, un nouvel état civil. Quand elle m'a demandé quel prénom je voulais lui donner, j'ai dit immédiatement Nizar, du nom du poète syrien qui a écrit la « Risala min taht el mè » chantée par Abdelhalim, mon idole. Nizar porte aussi le nom du mari de Zouleikha, notoirement impuissant et qui n'en savait rien puisque sénile et quasi grabataire. Elle a été une grand-mère gâteau pour

1. « Maudit ».

le gosse et, quand elle est morte, il est allé lire la Fatiha sur sa tombe tous les vendredis, déposant sur la dalle de ciment blanchie à la chaux du millet et des olives pour que les oiseaux s'en repaissent.

« J'ai fini par décrocher un job régulier et nous avons, Nizar et moi, emménagé dans une *oukala* vétuste mais respectable. Dans la vaste maison commune où couples, enfants, ados et mémés s'entassaient dans des chambres plus ou moins sombres, plus ou moins humides, tout le monde savait que Nizar n'était pas mon fils. Ils savaient aussi que je ne l'enculais pas.

« Je ne suis pas son père mais il est le fils conçu dans mon cœur et injustement attribué au fils de pute sadique qui lui faisait faire des horreurs.

Un long silence rempli de points de suspension a suivi. Puis Hadad a continué son récit.

— C'est la maîtresse de l'école qui a découvert la surdité de Nizar. Elle m'a conseillé de le mettre dans une école spécialisée mais j'ai refusé. J'ai emprunté de quoi lui acheter un appareil auditif et il a pu mener une vie presque normale, presque apaisée, presque heureuse. Le seul hic, c'est qu'il refusait de parler. Il savait lire, écrire, compter, faisait ses devoirs, récoltait les meilleures notes mais restait muet en classe comme à la maison, dans la rue comme au stade, au café comme chez le vendeur de soupe de pois chiches où on allait souvent se remplir la panse à crédit.

« Il a reparlé le jour où j'ai rapporté un chaton tigré à notre piaule. Il a juste dit "Salut, frérot ! » et a nourri la pauvre bête chétive et grelottante de miettes trempées dans du lait sucré. Frérot a duré dix ans, le temps que Nizar prenne sa vie en main. Il a décidé de quitter l'école. Je ne lui ai fait aucune leçon, aucun reproche. En quelques mois, j'ai vu un homme jaillir du corps de l'enfant qu'il était. Il a poussé, grand de taille, tout en muscles souples, intelligent et dangereux. Et il a tracé.

Hadad s'est levé, a farfouillé dans son sac de jute, sorti un cahier spiralé aux bords écornés et l'a déposé sur la table basse.

— Mon fils est parti au bout du monde, et moi je pars de l'autre côté. Il m'a proposé de l'accompagner. J'ai choisi le voisinage du Prophète. Toi, tu n'es pas au bout de tes peines ni de ton chemin. Ce cahier est à lui. Tu y trouveras des dessins, des photos, quelques mots, que sais-je. J'ai la chance de ne savoir ni lire ni écrire. Ce monde de tourments et de vanités m'a été épargné. Tu en fais ce que tu veux. Moi, je n'ai pas besoin de relique ou de talisman… *Elhamdou lil'Allah*, je suis enfin libre et libéré.

Il est parti comme part le djinn des contes. En fumée. Pulvérisé. Dématérialisé.

J'ai regardé le cahier dont je ne savais que faire puis l'ai envoyé contre le mur en hurlant :

— *Rouhou tqawdou fi jouj… mè kyen kel attay we wildou we khoh*[1]… Marre des charmeurs de serpents, marre des faux jetons, marre des prêches, marre des saintetés… *Dine yemmakom el qahba, gaaa*[2] *! Tfou* sur vos zgegs de blablateurs… Que la gueule de vos salopes de mères soit niquée par le zob de Belzébuth en personne ! Merdouillettes que vous êtes du Rif qui kiffe jusqu'au trou du cul de la grosse pouffiasse arabique !

Deux heures après, je touillais le cendrier débordant de mégots avec ma Vogue non allumée, dévaluée tel un douro périmé, une seule question roulant dans ma tête vide : « Que faire ? »

---

1. « Allez vous faire foutre tous les deux. » 2. « Maudites soient vos putains de mères, tous tant que vous êtes ! »

5

EN PATAGONIE

Rentrer à Alger ? Plutôt se tirer une balle dans la tête. Je n'allais tout de même pas refaire le chemin qui mène droit à la ville blanche comme une pustule. Et qu'irais-je y faire ? Là-bas comme ici, le monde tourne à vide, dénué de sens et de consolation. Ici et là-bas, ce sont les mêmes pétards et poules mouillés, les mêmes pets sournois et déclamations tonitruantes. Tapin pour tapin, autant le faire dans une ville dont je connaissais désormais les caïds, imams, flicaille, journalistes, sniffeurs, érotomanes et prostitués.

Je me suis plantée nue devant le miroir, me suis regardée sous toutes mes coutures et me suis lancé, crânement :

— J'ai toujours mon cul. Que Dieu me le garde.

J'ai donc décidé de rester et de me mettre à mon compte avec ma propre patente. Pour avoir été à l'école de Nizar, je savais à qui m'adresser pour éviter les descentes, les contrôles de papiers aux barrages de l'autoroute de La Marsa et les délations du voisinage. J'ai pris un appartement au Lac II en face du mall, là où se bousculaient les nantis et leurs caricatures, assoiffés de saumon fumé avarié, fringues espagnoles mal coupées, quincaillerie turque et godasses contrefaçonnées. La foule des recalés de l'humanité est un excellent camouflage pour les prédateurs avisés, comme pour les femmes qui veulent bosser sans se faire maquer.

Je m'acharnais à gommer mes vies antérieures. Ma nationalité tunisienne fraîchement acquise et la chirurgie esthétique m'y ont beaucoup aidée, même si je suis certaine que mon nom et ma photo figurent dans quelques dossiers classés secret-défense. La valse des pantins politicards et de leurs sous-fifres en toge ou en uniforme me met à l'abri de tout procès ou inquisition. Mais je n'étais plus la même. Tous les soirs, je regardais les collines de Tunis rigoler en éternelles étourdies et s'enfoncer inexorablement dans la nuit. Certains matins, je me réveillais avec un désir fou de Paris, ses boulevards, ses platanes, ses bistrots et même l'odeur écœurante du métro. L'envie me passait dès que je revoyais le Paris racaille, le Paris du crack, du périphérique et des afghanisés. Mais c'était une ville où je m'étais sentie si légère, libre et tournant rond.

Si mon histoire avec Nizar ne cicatrisait pas, c'était parce que je ne cessais de drainer la purulence d'un profond sentiment d'injustice face à ce qui n'était qu'une somme de hasards et de combinaisons génétiques. La beauté est une blessure fulgurante, brûlante et irrémédiable, infligée aux gens banals et mortels, normaux, communs et triviaux dont je suis. Elle vous dépouille de votre raison et de vos résolutions, vous flingue à l'improviste entre les deux yeux, telle une glaciation, et vous condamne à des millions d'années d'hébétude.

L'astrologie a certainement été inventée par le dieu des cœurs brisés. C'est lui qui m'a fait rencontrer Michelle sur le palier, m'a suggéré de papoter avec elle dans l'ascenseur et d'accepter son invitation à boire un café chez elle, un de ces quatre.

— On peut se retrouver dans un salon de thé au Lac ou à La Marsa ?

— Non, non ! Viens plutôt chez moi. Après tout on est voisines. J'insiste. Je vois des choses autour de toi qui pourraient t'intéresser.

Parce qu'elle a piqué ma curiosité, j'ai sonné à la porte de Michelle deux jours après, lestée d'un gâteau à l'orange et d'une livre de chocolats Jeff de Bruges. Michelle était folle, blanche, grande, grasse comme une vache limousine et d'origine ukrainienne. Son appartement se résumait à un mélange d'encens, d'icônes, de tentures brodées et de textes cyrilliques indéchiffrables. De cartes à tarot de toutes les tailles et couleurs, aussi. Elle avait atterri à Tunis quand son mari avait terminé sa médecine à Kiev et décidé de rentrer empoisonner ses compatriotes avec ses traitements lourdement chimiques et peu efficaces.

Quand il l'avait larguée pour convoler avec sa secrétaire niqabée, elle s'était retrouvée à la rue, sans droits, ni toit, ni enfants. Mais Michelle était une cartomancienne hors pair et une astrologue incollable sur les planètes, leurs maisons, leurs alignements, les trigones, les oppositions et les astres à l'humeur rétrograde. Elle s'était lancée dans une activité qui la passionnait, lui rapportait de l'or et en faisait la coqueluche de la bonne société, férue de voyance, amulettes et magie noire. Le charlatanisme maraboutique est la seule industrie lourde du pays.

Le café servi et bu, le gâteau à moitié englouti, Michelle m'a pris la main et demandé dans un délicieux français arabisé et en roulant lourdement les « r » :

— *Inti*[1] tu veux savoir ou juste bla-bla-bla contre flouze ?

— Non, je veux savoir.

— Prends mouchoir, alors, et pleure beaucoup, ma *meskina*[2].

Elle a commencé sa litanie :

— *Mella merda*[3] *!* Des hommes, des hommes, des hommes ! Trop de couilles sur les épaules. Tu viens de l'Ouest, hein ? *Merda* grosse comme ça, là-bas…

— On s'en fout ! Tout le monde sait !

— Tu vas cesser de prendre des sous dans les couilles des gens. Tu vas partir loin, traverser la mer et crever de froid.

---

1. « Toi ». 2. « Pauvre ». 3. « Quelle merde ! »

— Dis ! Tu n'es pas en train de prédire ma mort, là ? C'est trop tôt, *ya Rabbek*.

— Tu vas pas crever, non. Tu vas voyager, manger, retrouver ton mec.

— Lequel ?

— Yeux verts, le sourd. Tu vas le retrouver et tu vas boire son lait de coq.

— Tu te fous de moi, Michelle !

— *Alech*[1] je me fous de toi ? Attends, je tire les cartes et te dis où il est en train de pisser en ce moment même.

Elle a consulté la dame de pique et le cavalier de cœur, vérifié l'emplacement de Vénus dans ma carte du ciel, recalculé les transits de Jupiter par rapport à mon thème natal et laissé tomber sur un ton définitif :

— Yeux verts est en Patagonie.

— Tu rigoles !

— Je te dis qu'il est sur une terre où des nazis se sont planqués longtemps mais, maintenant, ça y est. Expédiés en enfer.

— Mais enfin, Michelle ! La Patagonie ? Mais c'est le bout du monde ! Comment je vais y aller, moi ?

— M'en fous, moi. C'est ton cul, pas le mien… Ne t'inquiète pas. Tout va bien se passer. Tu vas même rentrer avec un très joli cadeau que tu partageras avec un mec qui revient de loin.

---

1. « Pourquoi ».

Je lui ai sauté au cou et l'ai embrassée très fort. Elle a refusé que je lui paie la consultation.

— Garde tes sous. Tu as *barcha barcha*[1] dépenses devant toi.

Je suis rentrée avec des étoiles plein la tête, j'ai dormi en souriant aux anges. Mais je me suis réveillée avec la gueule de bois de ceux qui déchantent après s'être laissés aller à espérer, à croire aux miracles, aux rois mages et à une fortune régulièrement contrariée par la dure réalité et les lois implacables du concret.

J'ai rangé mes espoirs dans une boîte à chaussures, évité de croiser de nouveau Michelle sur le palier.

Pourtant, quelques mois plus tard, je me suis retrouvée en transit à Paris-Charles-de-Gaulle, à attendre qu'un avion me dépose à l'autre bout du monde.

1. « Beaucoup, beaucoup ».

Il ne fallait pas me dire que Nizar était en Patagonie. Je l'ai imaginé jour après jour, nuit après nuit, allongée dans le noir et totalement à la dérive, sous un ciel glacé dont les nuages s'amusent à toucher terre. Je le voyais marcher entre neige et lichen, drapé de vents et d'orages, emmitouflé dans sa solitude d'homme libre et douloureusement intelligent.

Me le dire, c'était semer dans mon crâne d'obstinée une graine dormante qui a fini par éclore, grandir et devenir un arbre à espoirs. La décision d'aller le chercher au bout du monde sans carte, ni boussole ou adresse n'était que le désir puéril d'une dernière réincarnation après tant de vies brûlées pour rien et des karmas plus ratés les uns que les autres. De plus, j'ai foi dans le pouvoir de l'argent. Avec un peu de persévérance et beaucoup de billets, on arrive toujours à trouver l'aiguille perdue dans un tas d'excréments.

Paris, Santiago du Chili. Jet lag, léger étourdissement, un peu de fatigue et tout de même une grosse boule de peur au ventre. Mes quelques connexions tunisiennes et françaises m'ont indiqué les circuits à suivre, les traces à décrypter. Je n'ai pas tardé à comprendre que j'étais venue pour rester. Combien de temps ? Peut-être pour toujours.

Comme moi, les lieux étaient coincés entre deux océans, composés de lacs et de steppes, de glace et de feu, secoués par la fièvre et la rage. Les touristes blindés de fric faisaient du kayak et du rafting. Moi, je faisais tout pour être et paraître gourde et sans histoire. J'ai bossé comme serveuse dans des endroits si beaux qu'y vivre était en soi un généreux salaire. J'ai dormi dans des baraques improbables, me suis réveillée au bord de lacs lunaires, ai regardé bouillonner des rapides et scintiller des neiges inaccessibles. Nizar n'était ni sur les steppes ni dans les canyons. Pour le trouver, je devais suivre la trace de l'eau et de la pierre tiède.

Même au bout du monde, on tombe toujours sur des Libanais, des Algériens, des couples mixtes et les inévitables Tunisiens. Contrairement aux autres nationalités, les Maghrébins s'évitent et s'en tiennent à des « *Salam* » distants et ouvertement méfiants, ayant trop de cadavres à enterrer et tant de démons à étouffer.

Je n'ai pas dérogé à cette règle tacite mais, tout en servant d'énormes steaks carbonisés et des ensaladas incendiaires, j'ai guetté un mot, un indice, une information qui pourraient me mettre sur la trace de Nizar. En vain.

Jour après jour, semaine après semaine, le sable de l'espoir a coulé implacable et indifférent à ma rageuse déconvenue. Je grelottais de désespoir sous plusieurs couches de pulls et de lourds anoraks. Je me méprisais férocement certains soirs pour avoir dépensé une fortune et traversé la moitié de la planète à la recherche d'un homme qui avait vécu sous plusieurs identités, refusé obstinément les téléphones cryptés et les logiciels sophistiqués, estimé avec raison que la *chelha* berbère était plus efficace qu'EncroChat, acheté et vendu des tonnes de drogues de synthèse, de cocaïne et de méthamphétamine, et disparu des radars de toutes les polices sans que personne sache au juste qui il était, qui il servait et où il se planquait.

Mais il y a un Dieu pour les amateurs de bière et de moutarde de Dijon. Un Dieu qui fait sortir les hommes bouffis d'orgueil de leur antre pour venir se ravitailler dans une petite supérette, perdue quelque part dans les méandres du rio Negro et tenue par un vieux couple d'Alsaciens altermondialistes. Le même Dieu avait suggéré à la *kavia*[1] que je suis de se pointer à son boulot de serveuse assez tôt pour tout briquer et ranger avant le coup de feu de midi et d'attendre que les premiers affamés se pointent, assise sur les marches de l'entrée en fumant la deuxième clope de la journée.

Évidemment, je l'ai reconnu tout de suite. Même coiffé d'un Stetson. Même portant une barbe de hipster et des cheveux longs. Quelque chose dans la démarche,

---

1. Du français « cave » : idiote, niaise.

une dégaine un peu gauche mais follement sexy, une manière d'avancer les yeux baissés comme absent aux êtres et aux choses. Pétrifiée, je l'ai vu pousser la porte de l'épicerie d'en face et se diriger vers le comptoir. Je me suis réfugiée à l'intérieur du café-restaurant et j'ai surveillé la rue derrière les rideaux de la grande salle quasi vide où virevoltait le « All I Intended to Be » d'Emmylou Harris.

Il est ressorti avec des packs de bière, un carton de moutarde au logo parfaitement reconnaissable et des bouteilles de lait. Il a regardé en direction du café-restaurant, a semblé hésiter, s'est finalement hissé dans la cabine du pick-up et a démarré sans se presser.

Je sais que j'ai cessé de respirer pendant au moins quinze secondes avant de pousser un cri d'asphyxiée qui a fait sursauter la patronne devant son percolateur à café. J'ai cavalé vers les toilettes où j'ai rendu presque intacts les œufs du petit déjeuner.

Dès que j'ai pu avoir une pause, j'ai fait un saut à l'épicerie pour acheter des barres de chocolat et papoter. Je suis rentrée au bout d'un quart d'heure, avec des bribes d'informations.

Il se faisait appeler « Monsieur Moussa », habitait à une centaine de kilomètres plus au nord, au bord d'un grand lac. Il passait tous les trois, quatre mois faire ses courses. Du strict minimum et quelques gourmandises qu'il commandait à l'avance et venait chercher sans trop d'empressement, presque ennuyé, quand il avait le temps ou qu'il manquait d'allumettes, de farine ou d'hameçons. Il laissait parfois aux épiciers une liste de vêtements, bottes ou livres à commander pour lui et ne recevait jamais de courrier. Il lui arrivait de faire un saut chez le pharmacien ou le marchand de glaces, mais il évitait le plus souvent de se mêler aux autres et même de prendre une tasse de café si l'endroit était trop calme ou trop vide. Il était là depuis quelques années. Il était marocain ou canadien. Et du reste, quelle importance ?

Désormais, il ne s'agissait plus de chercher Nizar mais d'attendre qu'il fasse moins froid pour prendre la Ruta 40 et aller forcer la porte de sa cabane et de sa solitude.

Il m'a vue arriver de l'autre bout de la crique caillouteuse, alors qu'il vidait un mouton de ses boyaux dans une bassine en plastique et achevait de le nettoyer à grande eau. Il s'est essuyé les mains avec les feuilles d'un arbrisseau, a attrapé une tasse en grès où il a versé une rasade de café brûlant et me l'a tendue sans un mot ni un sourire, sans paraître étonné de se retrouver nez à nez avec un fantôme du passé. Il est retourné s'occuper du mouton, l'accrochant avec un croc de boucher à une grosse branche. Il a saisi une pelle et entrepris d'enterrer la peau, la panse et les tripes de la bête dépiautée. Il a laissé reposer la chair à la mode de chez nous.

Il ne m'a pas invitée à entrer et, pour me rafraîchir, j'ai trempé mon bandana dans l'eau glaciale du lac. Il vaquait à ses occupations, attentif à ma présence mais restant suffisamment à distance pour éviter tout échange de mots ou d'odeurs. Il a allumé un feu, creusé un sillon, l'a rempli de braises puis déposé dessus piments et oignons, ail et tomates, un petit potiron, de la salade verte et des radis, recouvert le tout de pelletées de terre, puis s'est attelé à nettoyer un poisson et quelques crevettes tirés d'un seau coincé entre deux grands rochers partiellement couverts d'algues brunes.

Il a rapporté des assiettes, une miche de pain entamée, servi le poisson et les crevettes grillés, les légumes fondants et odorants et m'a dit :

— Mange tant que c'est chaud.

J'ai dévoré le repas somptueux puis me suis écroulée de fatigue. Il m'a ramenée titubante à l'intérieur de la cabane, m'a installée sur son canapé face à une cheminée rudimentaire, sous d'énormes couvertures. J'ai plongé dans un sommeil aussi paisible que la mort, aussi profond qu'un long soupir de soulagement.

Durant une semaine ou plus, je me suis contentée de manger, nager, marcher et dormir, dérivant tranquillement au fil de journées où je le regardais vivre et s'occuper de moi sans besoin de parler, sans désirer autre chose que ce silence immense qui nous protégeait de nous-mêmes et des souvenirs.

« Voilà, me suis-je dit un matin en enfournant à grands coups de fourchette les œufs brouillés du petit déjeuner. Je suis en convalescence. J'ai besoin de cent ans de sommeil, mille ans de silence, cinquante siècles de nourriture cuite au feu, dans la boue et le ressac, issue de la pierre et de l'absolue ignorance de ce que peuvent être le bien ou le mal. J'ai besoin de boire ce qui s'égoutte de la glace et tombe sans pluie ni prière. »

J'ai commencé à mettre les pulls de Nizar et à enfiler ses grosses chaussettes. Mes sneakers tombaient en morceaux à force de marcher entre pierres et forêts. Un jour, j'ai été réveillée par le bruit d'un puissant moteur puis le crissement de grosses roues. Le pick-up de Nizar n'était plus là. J'ai trouvé du café et des tranches de saumon fumé maison que j'ai dévorées sans pain. Se serait-il tiré encore une fois pour fuir la *chancla*[1] usée que j'étais certainement devenue à ses yeux ?

Il est rentré au milieu de l'après-midi avec de quoi m'habiller chaudement, me chausser solidement, et quelques tablettes de chocolat à l'orange. Il a dû se mettre tout de suite aux fourneaux car je n'avais pas osé ouvrir ses tiroirs ni toucher à ses ustensiles. Il a préparé un délicieux lapin à la moutarde. J'ai fait la vaisselle, suis partie me coucher et l'ai laissé sur la terrasse avec sa Budweiser.

---

1. « Savate ».

La lune s'est levée, a empli le ciel puis l'a déserté mois après mois, fidèle à son cycle et imperturbable. L'hiver austral approchait et avec lui l'heure de la décision. Cette vie monacale était tout simplement somptueuse mais je ne pouvais indéfiniment imposer à Nizar ma présence et mes dépenses. Et puis, il fallait être honnête. Lui pouvait se passer de moi, mais moi ? J'étais là à accepter ce pacte tacite qui réduisait les mots à un outil de constat : il fait beau, gris, mauvais, il va pleuvoir, le glacier blanchit, l'eau est froide, le saumon excellent, etc., tout en sachant qu'entre nous il y avait une faille énorme où tournoyaient en silence un essaim de peurs et de refus, de désirs et de rejets, d'attentes et de souffles coupés. La trouille qu'on avait l'un de l'autre était sourde et compacte. Elle emplissait l'air d'éclairs et de grognements étouffés.

Fallait-il qu'un orage apocalyptique éclate par-dessus nos têtes et nous ramène sur le paillasson de la cabane un sloughi maigre à faire peur pour que nous redevenions moins saints, plus humains, lui et moi ? C'est ce que l'alignement des planètes a décidé par une aube du mois d'octobre au ciel verdâtre.

Le lévrier que j'ai trouvé couché au bas du perron dans la boue et l'eau glaciale n'avait pas la force d'aboyer ni de réclamer à manger. Il était en état d'hypothermie avancée mais son cœur battait encore. La vaillance des superflus, certainement.

Ce n'était pas ma maison et personne ne pouvait en franchir le seuil sans la permission du maître des lieux. Nizar dormait à poings fermés quand j'ai entrouvert la porte de sa chambre pour lui dire :

— Quelqu'un a besoin de toi dehors.

Il a sauté du lit tel un pétard, totalement réveillé, totalement lucide, en boxer gris clair. J'ai détourné le regard, le visage brûlé par le souffle brutal d'une vision autant désirée que redoutée.

Il s'est occupé de la bête transie et affamée comme d'un blessé de guerre. Je l'ai aidé à nettoyer les pattes écorchées, l'oreille déchirée et la queue à demi brûlée de la pauvre créature, qui a mis plusieurs jours à se rétablir. Il n'avait pas de collier. Alors je l'ai appelé Chehili, sirocco du Chili. Déjà âgé, il faisait pitié à vouloir prouver son utilité en m'accompagnant au bord du lac ou en surveillant le feu quand Nizar faisait griller quelques crabes. Il mangeait peu, dormait beaucoup et perdait la vue inexorablement.

Pour occuper mes mains, je faisais du pain. Toutes sortes de pains de chez nous, là-bas, au pays des disettes et des cœurs calcinés par les vaines attentes et les malveillances. Du pain matlou, du bouchagouf, du meloui, khobz el mella, du mbassess, du ftir, du pain maison aux graines de fenouil et à la nigelle. J'en faisais à manger, à donner, à congeler, à laisser pourrir, à se vider, à se laver, à s'étouffer. Du pain pour Nizar qui ne disait rien. Il se bornait à me rapporter des sacs de farine et de semoule, des bidons d'huile d'olive italienne et des plaques de beurre par packs de dix. Je lui ai dit un jour :

— Je veux payer mes achats. J'ai de l'argent.

Il a continué à touiller une soupe de fèves puis m'a répondu :

— Je sais que tu as du fric. J'y ai veillé et j'en suis content… Ton pain, je le vends au chef brésilien qui tient le meilleur restaurant du Grand Hôtel. Il en raffole, le sert en entrées exotiques et me paye correctement. Tu ne me coûtes rien.

Il s'est tu un moment puis a laissé tomber sur un ton neutre :

— Tout compte fait, tu es une bonne chimiste.

Nizar partait un peu plus souvent en ville et moi je retrouvais chaque matin mes farines, levures, graines, plateaux et fours presque avec joie, Chehili somnolant en face de moi sur un tabouret rafistolé, quasi aveugle mais les oreilles attentives.

— Chehili, *yal kho*[1], frère de fortune, c'est de la triche ! Ce pain devrait cuire dans un plat fait main avec une argile reposée, qui a pris le temps de lever durant au moins quarante jours et qu'il faut cuire sous le soleil de Satan quand même la pierre, chauffée à plus de cinquante degrés à l'ombre, maudit les saints et leurs mausolées du Constantinois jusqu'à l'Oranais en

1. « Ô frère ».

passant par les Djurjura ! Putain de merde, *yal kho* clébard, qu'est-ce que je fous ici, dis ? Ce n'est pas du pain, que je fais, Chehili, c'est du plâtre, de la vie *ble rabbi*, du toc !… Qui te dit que Nizar est juste allé faire des courses ? Après tout, il a le droit d'aller au bordel, tirer un coup, se faire pomper les *glaouis*. C'est un homme, pas une pierre… D'ailleurs, qu'est-ce que j'en sais ? Et s'il était *haoui*, impuissant ? Ou mieux : zoophile ? nécrophile ? pédophile ? kharaouphile ?

Je me suis servi une troisième tasse de café, ai allumé une cigarette et enchaîné :

— Bien sûr, ce serait pitié mais il fait ce qu'il veut de son zob et de son cul, non ? Après tout, je ne suis rien pour lui. C'est déjà beaucoup qu'il accepte de me loger sur son glacier. Mais tu sais ce qui me fout hors de moi ? Il doit croire que je suis là pour quémander son pain, son feu, sa queue, un mariage, *yak yal kho*[1] ? Jusqu'à quand faut-il qu'on me confonde avec une babouche ou un pot de chambre ?

Chehili était trop vieux et trop malade pour avoir un quelconque avis mais son regard larmoyant me promettait une amitié et une aide indéfectibles pour nos futures réincarnations. Ce à quoi je répondais par un « Non » courroucé. Se réincarner ? Refaire le chemin de Fadhma Aït Mansour Amrouche, notre archétype indestructible, porter ses stigmates d'éternelle orpheline

1. « N'est-ce pas ? »

dont l'âme, couverte aujourd'hui encore de croûtes et de contusions, continue d'errer entre Tizi Hibel, Maxula-Radès et l'Ille-et-Vilaine sans espoir de rémission ? Plutôt crever ! Il fallait bien que quelqu'un se décide un jour à casser la chaîne de la résignation et annonce l'extinction de la lignée des femmes martyres nées en Algérie.

Le craquement des paquets en papier kraft déposés sur la table au bois mal raboté a coupé brutalement le fil de ma pensée et le flot de mes griefs confiés à mon ami le clébard, et dont Nizar avait dû entendre une bonne moitié. D'abord gênée, j'ai décidé de faire ma *poker face* et me suis occupée de ranger les oignons, patates et boîtes de haricots. La journée s'est écoulée entre cuisine, petite lessive et longue rêverie paresseuse face à la cheminée. Quand il a commencé à neiger, j'ai remonté les couvertures jusqu'au menton et décidé d'ajourner un peu toute décision ferme et définitive. J'ai dormi sans rêves jusqu'à 11 heures et, quand j'ai rouvert les yeux, Nizar était allongé sur moi, nu, torse moite, avec une haleine sentant la réglisse.

Cela s'est passé comme dans les pires navets canadiens qui font pleurer les midinettes et les petites vieilles à Noël devant leur téloche et leurs gâteaux au chocolat insipides. C'est-à-dire de manière ridicule, maladroite, peu vraisemblable. Et pourtant, c'est arrivé.

Il n'y a pas eu de baisers. Juste des reniflements réciproques et des langues qui lèchent les cous, oreilles, aisselles et le bout des doigts. Des dents qui mordillent les mamelons, les lèvres, les cuisses et les mollets. C'est moi qui ai écourté les préliminaires, pressée, affamée et déjà mouillée. J'ai saisi son sexe secoué par une érection impérieuse et dont l'extrémité brillait de quelques gouttes translucides. Je tremblais affolée par le contact de son bâton noueux brûlant et j'ai voulu tout de suite y goûter.

Je l'ai gobé, pressé, aspiré, lapé, ressorti luisant de salive, enfourné de nouveau jusqu'aux couilles, tété et senti grossir puis exploser dans ma bouche en jets chauds interminables. Non, je n'avale jamais, mais avec Nizar j'ai avalé gloutonne, avec gourmandise. Je ne lui ai laissé aucun répit, continuant à lécher ses tétons, ses couilles encore remplies de foutre, taquinant la tête de son membre encore à demi dressé. Seuls les deux doigts rigides qu'il a introduits en moi par surprise m'ont arrêtée dans mon hystérie dévoreuse. M'ayant ainsi clouée contre le dos du divan, il m'a longuement sondée par mouvements circulaires, m'ouvrant un peu plus et me badigeonnant le sexe par ma propre mouille. J'ai gémi quand il m'a agrippée par les hanches et d'un mouvement brutal a ramené tout mon bassin vers son sexe, me pénétrant d'un seul coup et se fichant au fond de mon vagin baveux jusqu'à la garde, jusqu'au col de l'utérus.

Ce n'était pas une baise mais une bataille, une tornade, un séisme dévastateur. Il n'arrêtait pas de cogner et je n'arrêtais pas de me liquéfier et de jouir, vague après vague, sans pouvoir m'arrêter ni le sortir de mes entrailles. Sperme et mouille mêlés coulaient sur mes fesses et sur ses couilles et nous restions encastrés l'un dans l'autre tels des chiens enragés. J'ai fini par le supplier par des « Assez… Assez » comateux et il s'est écroulé sur moi sans forces et presque sans vie.

Au réveil, je n'avais plus de vagin mais un long sillon douloureux creusé des petites lèvres jusqu'aux reins. Je pouvais à peine bouger. Nizar n'était pas en meilleur état avec un sexe au bout quasi dépiauté et du sang séché sur les poils du pubis. Il nous a fait du café et une omelette aux champignons. Repus mais dévastés par le passage de la pire tempête de sexe qu'on ait vécu l'un et l'autre, il a fini par me dire :

— Je crois que tu vas devoir rafistoler ce que tu as saccagé et moi soigner ce que j'ai vaillamment ravagé. Mais une douche s'impose. On schlingue le foutre à des kilomètres.

Entre bains, rincements, massages et pommades, nous nous sommes mutuellement soignés, comptant les morsures, s'étonnant de tant de bleus et de suçons. Puis j'ai fait une soupe de potiron et il a débarrassé la table avant de rapporter des tasses ébréchées et la théière. En versant le liquide ambré dans ma tasse, il a dit simplement :

— Je ne suis ni homo, ni nécrophile, ni pédophile, ni zoophile. Je suis juste un homme sourd d'une oreille qui a juré de ne plus souffrir. Ma mère a tué mon père avec un couteau de cuisine le jour où elle l'a surpris dans l'arrière-boutique de son copain vendeur de charbon et de pétrole bleu en train d'essayer de me violer. Elle m'a confié au saint protecteur de la médina de Tunis avant de s'immoler par le feu place Halfaouine. Elle s'appelait Maherzia.

Je n'ai fait aucun commentaire. Depuis quelques années, les Tunisiens se suicident par le feu pour un oui ou pour un non. Ils punissent le monde de les trouver insignifiants.

Nous avons passé dix jours à baiser, parler, manger, dormir, fumer, cuisiner, marcher et rebaiser et reparler pendant des heures. Il ne m'a pas demandé de partir, ne m'a pas proposé de rester, a écouté quelques-unes de mes histoires pas très ragoûtantes sans broncher. Par un mardi méchamment venteux, nous nous sommes réfugiés dans un coin de la véranda pour dévorer un énorme bar couvert d'une belle croûte de sel, quand Chehili est venu se frotter le museau contre nos jambes puis s'est couché à nos pieds avant de mourir. Nizar l'a porté dans ses bras jusqu'à la maison, l'a emmitouflé dans une grande serviette et l'a bercé durant des heures en pleurant sans un mot. Je l'ai regardé fixement sans désir de le consoler. Il nous restait tant de mots à trouver pour traverser le pont de lianes mouillées jeté par-dessus le ravin qui nous séparait.

Il m'a dit avoir toujours su que j'allais le retrouver. Non, Hadad ne lui manquait pas. Il avait choisi l'Arabie. Lui, la Patagonie.

— Mais pourquoi, purée ? Pourquoi si loin, si vaste, si froid, si hermétique ? ai-je fini par lui lancer un jour de pêche tranquille, avec un ciel plus haut que d'habitude et un lac moins noir qu'à l'accoutumée.

— C'est pourtant évident. Je n'en peux plus, de Tunis, Casablanca, Marseille et Lille. Je ne veux plus voir la gueule de l'Espagne ni de la Libye. Je n'ai aucune affinité avec les Amerlos et je ne supporte pas l'accent des Canadiens qui se crétinisent chaque jour un peu plus avec toutes les conneries que leur rapportent nos frères de crasse dans leurs bagages. J'avais envie de montagnes et d'eau mais pas d'Islande. L'Australie me donne la gerbe rien que par sa position sur la carte et j'ai une peur bleue de ses bestioles préhistoriques. L'Asie est trop sucrée pour moi, la Russie trop orthodoxe. Et par-dessus tout, j'en avais marre de ma race. Les mecs et les nanas qui jactent en arabe, les losers qui encombrent les cités en France, leur accent de tarés qui n'ont jamais rien lu, leur gueule de largués. J'en ai marre des hijabs, muezzins, amulettes, salamalecs, les « *Inchallah* » recyclés en « *Inch'* » pour faire cool. Sans parler des convertis francs, noirs, germaniques. Putain, ils sont sérieux, les mecs ? Le Prophète doit regretter d'avoir à traîner tant de casseroles cabossées, de La Mecque à Birmingham et de Detroit jusqu'en Chine. En fait et pour tout te dire, je suis là parce que j'aime le foot et que je déteste ces Brésiliens qui se prennent pour des Mozart et des Beethoven du ballon.

« Dans Patagonie, il y a agonie, criminels de guerre et monstres bouffeurs de came et de foies humains. Tous les nazis de merde sont venus se planquer ici. Tu sais pourquoi ? Pour quémander une absolution ! Moi, je ne quémande rien. J'ai brassé un argent fou, porté les montres, les cravates, les costumes les plus chers, chié du caviar et fait des affaires avec les pires psychopathes d'Europe et d'Afrique sans me faire descendre. Le jour où l'argent a cessé de me faire bander, j'ai tout donné et me suis tiré là où je peux me refaire la gueule, bosser sur un bateau ou ouvrir un resto et y jouer les chefs surdoués. C'est quand je veux. Et je ne veux pas encore.

« Des lacs, on en a combien, dans nos pays de teigneux ? Et qui peut y mettre les pieds, à supposer qu'ils existent encore et qu'ils n'ont pas été remplis de pisse radioactive ? Les montagnes, qu'est-ce qu'il en reste ? Ton Djurjura qui se lamente depuis mille cinq cents ans, mon Chambi pelé et miné par les narcoterroristes ? Le Toubkal vivote encore, paraît-il, mais sérieusement qui y va ?

« Nous sommes une centrifugeuse à merde qui tourne à plusieurs vitesses selon le vent et les saisons. Je suis parti purifié par l'argent, le feu et la lassitude, irrécupérable. Toi, tu hésites encore. Tu espères. Tu balances. Tu crois que tu as encore du temps, que tu peux ramasser un peu plus de fric et tu as certainement raison. Moi, j'ai trouvé mon chez-moi. D'ailleurs, j'ai hésité entre ici et le Japon. Des deux côtés, je pouvais toucher le Pacifique. J'ai choisi d'aller vers l'ouest, cette direction qui ne donne jamais de joie au cœur et n'envoie que des canailles à ta rencontre pour te zigouiller.

Il a fait de plus en plus beau, de plus en plus chaud, et j'ai demandé un jour à Nizar de me déposer en ville. Il l'a fait sans plaider, discuter ou supplier. Nous savions tous les deux que nos routes se séparaient là. Il m'a donné des vêtements et des sous et a démarré sans me faire la bise ni un signe d'adieu. J'ai pris des bus et des avions, dormi dans deux aéroports et suis rentrée à Tunis légère et prête à me couper les cheveux.

Puis j'ai eu un retard de règles. J'ai laissé traîner, nullement inquiète. Quand je me suis décidée à faire un test de grossesse, j'étais déjà enceinte de deux mois. J'étais en train de me demander ce que j'allais faire quand le gouvernement a décrété un confinement, me mettant la tête dans le four et ouvrant le robinet de gaz à fond, en riant aux éclats.

6

EN CONFINEMENT

Comme souvent dans ma vie d'Algérienne errante, la courbe des jours que je croyais définitivement ascendante a cassé net, me plongeant sans crier gare dans l'incertitude et la précarité. Cela a commencé par des rumeurs plus ou moins alarmantes : un virus étrange serait en train de ravager une ville chinoise et la population aurait été sommée de se cloîtrer. Les mecs en rigolaient dans les restaurants chic, les nanas chez leurs belles-mères et leurs esthéticiennes. Quatre mois plus tard, au beau milieu du mois de mars, Tunis a été bouclée, les marchés et les hammams fermés, les villes de l'intérieur interdites d'accès les unes après les autres. Le couvre-feu a été instauré pour mater les plus téméraires mais personne n'en avait cure. Des couvre-feux, on en avait eus à Tunis depuis janvier 2011. Ils ne s'appliquaient qu'aux vioques et aux poules mouillées.

Du jour en lendemain, plus personne n'a été autorisé à enterrer ses parents ou amis. Les gens ont fait la queue pour se ravitailler. Je les ai trouvés anormalement disciplinés, subitement graves, soudainement moins volubiles. Ils ont porté des masques et vécu dans la crainte d'être la prochaine victime de la nouvelle peste venue de Chine. Dans les quartiers périphériques, la police a laissé les jeunes traîner dehors, siffler leurs bières et fumer leurs joints, mais les mères ont fini par y mettre le holà quand leurs voisins et parents se sont mis à tomber comme des mouches. Un de mes clients, orthopédiste de renom, m'a calmement expliqué tout en m'envoyant au visage les volutes écœurantes tirées de son barreau de chaise cubain :

— Cela va chier des bulles. Nous avons les toubibs mais plus d'hostos dignes de ce nom. Pas assez de médocs, non plus. Un conseil d'ami : mets ton cul au point mort. Travaille par Internet. Ne reçois plus aucun clebs. Évite la foule et trouve-toi des passions. Apprends le japonais, fais de la poterie, cherche une solution à ta vie. *Lqa hal l'hayetek !*

Des passions, je voulais bien m'en trouver, mais de quoi allais-je vivre et comment tenir jusqu'à la fin du confinement ? Car il n'était pas question que je touche à mes économies. Quand on va comme moi sur ses trente-cinq ans ou presque, on fait attention aux dépenses. Et puis, pourquoi s'en cacher, plus j'avance en âge, plus je deviens pingre. Mettre la main à la poche m'est chaque jour un peu plus pénible. Plus je vieillis, plus la vie me semble chère, les gens malhonnêtes, les désirs un peu extravagants et les plaisirs presque surfaits.

Confinée, sans boulot, j'ai commencé à manger et à grossir à une allure déraisonnable. Je tournais en rond, passant du frigo aux toilettes, des toilettes au canapé, du canapé à Facebook, YouTube, Netflix et Instagram. Facebook n'était que larmes, faire-part et condoléances. Pfizer n'était plus associé au Viagra mais à un vaccin efficace et introuvable réservé aux flics, militaires et fonctionnaires de la santé. Bien qu'affolés, les gens croyaient aux vertus de la harissa et de l'ail pour faire barrage à la mort. Ils s'en gavaient jusqu'à en chier du sang. Personne ne se doutait que les festivités ne faisaient que commencer.

C'est fou, à y repenser. C'est fou parce que c'est là que j'ai repris mes habitudes sur Internet, mais cette fois sous mon vrai visage de pute. Oui, je me suis prostituée *via* Facebook, caméra allumée et dessous à peu près chic.

Je n'ai pas à me justifier ou à m'en excuser car on en revient toujours aux questions « existentielles » : comment payer le loyer ? la bouffe ? le toubib ? le fripier ? l'épicier ? Comment survivre quand on a fait chimie dans un monde qui en est encore à tester des formules philosophales ?

À part le fric, j'y ai gagné en humour et en patience. En humanité aussi. Beaucoup pensent que les putes exagèrent à réclamer des prix exorbitants pour une pipe, une passe, une nuit. Je vous invite à passer une nuit dans un bordel arabe à vous faire mettre une carotte, un pieu ou une batte de base-ball dans le cul ou, pire, dans le vagin. Sans aller jusque-là, j'ai vu des types se branler, se tortiller sur leurs chaises, se fourrer des bouteilles, ahaner, gémir et niquer l'écran de leur ordinateur avec leur foutre, juste en m'écoutant débiter des conneries de psychanalyste : « Ta mère n'est pas gentille, hein ? » « La bite de ton père était plus grosse que la tienne, sûr ! » « Tu préfères mater que fourrer, mec ! » « Tu adores te faire bastonner par la maîtresse à l'école, voyons ! » « L'imam t'a enfilé jusqu'aux boulettes, c'est clair », etc. Des conneries à se rouler par terre de rire. Je me faisais toujours payer par mandat télégramme. Le mec m'envoyait le code, j'encaissais la somme, j'ouvrais la caméra et la boîte à jactance. Cinquante dinars par tête de pipe, cinq cents dinars par soirée, les jours fastes.

J'ai vendu du sexe en direct, profitant des technologies modernes, utilisant des avatars, floutant mon visage et parlant à des visages floutés. J'ai surtout compris que la voix humaine est l'instrument érotique le plus affolant, qu'une simple inflexion peut satisfaire d'amples fantasmes, provoquer transes et orgasmes. En somme, je suis entrée par inadvertance dans le paradis de Billie Holiday, Oum Kalthoum, Nina Simone, Cheikha Rimitti, Barry White et Juliette Gréco. Tardivement, oui, mais j'en ai quand même franchi le seuil et saisi les ressorts secrets d'un pouvoir quasi absolu fait d'air, de coupures et de vibrations.

Mais la vraie, l'énorme, l'hilarante découverte a été celle de la mécréance musulmane. Voir nombre de ces bons, ces pieux, ces stricts musulmans fuir hystériquement leurs pères, mères, conjoints, amis et voisins malades, refuser de les enterrer et de prier pour eux, même à distance, a tué en moi tout espoir d'une quelconque rédemption. En fait, nous ne craignons ni Dieu ni le diable. Nous craignons Son Horrible Majesté la Mort. Génuflexions, jeûnes, soupirs et incantations ne servent qu'à tenter d'amadouer la Grande Faucheuse, notoirement indifférente à nos offrandes et lamentations.

Comme à l'époque où je surfais sur des sites de rencontres exclusivement islamistes, j'ai vidé mes placards et cartons, fait le tri dans mes vêtements, déguisements, lectures puis jeté définitivement les oripeaux d'un passé au service des barbus. Je n'ai pas réglé la question de Dieu. J'ai juste liquidé une affaire pourrie.

Jamais je n'aurais pu supporter cet étrange et interminable tête-à-tête avec moi-même qu'a été le confinement sans un accès ininterrompu à Internet et à l'électricité. Les compagnies pourtant promptes à couper les lignes et le jus pour le moindre retard de paiement se sont montrées étrangement patientes et tolérantes envers les mauvais payeurs et les retardataires. Ainsi, on a pu arriver jusqu'à l'été sans être chahutés par les agents voraces d'un État bouffé par les termites.

Quand l'accès aux plages a été enfin autorisé, j'ai filé droit vers une maison d'hôtes nichée au fond d'une crique perdue, dans l'une des dernières forêts du cap Bon. C'est là face à la roche polie par le vent et les défaites, les pieds enfoncés dans le sable et l'écume, que j'ai cherché une issue à ma vie.

Même si j'aime le luxe, les marques et les voitures, le design coûteux et les orgies,

Même si j'aime l'argent, les conneries tendance, les extensions de cheveux, l'artificiel et le superficiel,

Même si j'aime le contraire de ce qu'on me demande et recommande de vivre, je sais écouter.

Je sais me réveiller quand un chien pleure et qu'il me rappelle Chehili, je souris lorsqu'un chat monte dans l'ascenseur avec moi à 4 heures du matin alors que je rentre fracassée, hébétée et complètement jetée, qu'il m'accompagne jusqu'à la porte de mon appartement luxueux tel un ange gardien, sans rien me demander.

Je sais donner à manger aux pigeons et aux tourterelles, manger très peu de viande et chercher un peu de paix, un peu de sens et un peu de bonté. Nizar dirait que c'est l'effet de la Patagonie…

Mais cela vient de plus loin et de plus profond. Mon père m'a dit un jour en me voyant refuser obstinément de manger après qu'il m'eut réprimandée pour un devoir d'arithmétique bêtement raté : « Ton orgueil te sauvera. C'est ton seul ami et peut-être ton seul père après moi. » Il avait raison. Je tiens debout grâce à un fil rougeoyant qui part de la base du dos jusqu'au sommet du crâne et qui, avec l'expérience et l'âge, m'interdit de dormir, de plier, d'accepter et de me coucher, raide vaincue. L'affaire tient des gènes, de ce chiffre propre aux têtus qui dressent jour après jour la table des espoirs vivaces, étalent dessus leurs livres de comptes non soldés, leurs besaces cousues de chagrins blancs et les cantines en fer peintes en vert militaire où dorment des piles de regrets et d'orgueils disparates.

Seuls les têtus de mon espèce se réveillent un jour, brusquement décidés à en finir, appellent une agence immobilière et récitent d'une voix monotone : « J'ai trois chiens éclopés, deux chats pelés et quelques tortues neurasthéniques. Je cherche une maison avec des volets écaillés, un jardin immense envahi par les herbes folles où quelques orangers, citronniers, abricotiers et poiriers tiennent encore debout malgré l'absence des propriétaires et les querelles des héritiers. Je paie cash et je n'ai pas besoin de gardien. Je prends possession des lieux dès la signature du contrat. »

Je n'avais ni chat, ni chien, ni tortue mais je savais que je ne tarderai pas à en avoir car j'avais soudain faim d'amis, de compagnons, confidents et maîtres spirituels. Les animaux m'aideraient à trouver une hygiène de l'âme, me guideraient vers un Gange où j'abandonnerais chaussures et brûlures. Un tigre viendrait peut-être un jour me fixer de son regard immensément jaune et vide, répondrait enfin à toutes les questions loufoques qui me font tantôt rire, tantôt hurler : où crèchent les Sept Dormants ? L'échelle de Jacob a-t-elle servi aux anciens sismologues ? Le mélange d'huile d'olive et de citron empêche-t-il de tomber enceinte ? Le Che a-t-il vraiment chié dans son froc quand ses tueurs sont venus le chercher ? Qui a peur de Virginia Woolf ?

Mais la réalité était plus triviale et, si je cherchais une maison, c'était parce que j'avais dans mon sac à main le cliché d'une échographie où battait le cœur d'une créature âgée de plus de deux mois dont je ne savais que faire. Installée devant un café crème couleur lavasse, je ne savais pas non plus si j'étais triste ou heureuse, si j'avais peur ou confiance, si je voulais garder le bébé ou aller me faire cureter avant la fin du délai fatidique des trois mois.

Jamais je n'avais eu à affronter une telle situation pourtant courante et banale pour les filles de mon âge, la pilule prise dès mon installation à Tunis m'ayant épargné les angoisses cycliques que vivent les pseudo-insoumises, surtout si elles n'ont pas les moyens de se faire avorter dans les cliniques privées – le système de planning familial étatique qui permettait aux femmes, toutes les femmes, mariées, veuves ou célibataires, de se libérer d'une grossesse non désirée ayant été saccagé par les islamistes.

J'ai appelé une agence immobilière qui m'a trouvé une baraque de style colonial dans un recoin de Mutuelleville, un quartier jadis chic de Tunis qu'éventraient les pelleteuses pour laisser place à des buildings tout en pierre taillée grise et en verre fumé, que je croyais passés de mode.

J'ai emménagé dans la semaine et commencé immédiatement à retaper les toits qui fuyaient et les sanitaires. J'ai dératisé, traqué la vermine et les araignées, mobilisé trois jardiniers pour désherber, tailler, planter des fleurs et un jeune grenadier. J'ai adopté deux chiens abandonnés et trois chats de gouttière, acheté des tortues au marché central.

Le jardinier, Rabeh, un rougeaud bâti de sable et de chaud, est venu sonner à ma porte un matin avec à la main un coq fermier fraîchement égorgé et déplumé en cadeau. Il a fait semblant d'inspecter les jeunes plantes et de les arroser puis s'est décidé à cracher le morceau :

— Voilà, c'est ma sœur cadette, sourde, muette et un peu simplette. Ma femme refuse de la garder chez nous et je n'ai pas le cœur à la jeter dehors. Si vous voulez, si vous pouvez, elle peut venir balayer, nettoyer, donner à manger aux chiens, garder la maison en votre absence et vous apporter à boire la nuit si vous avez la flemme de vous lever… Elle ne vous coûtera rien. Juste un plat de lentilles ou un chiffon à se mettre sur le dos. Elle n'est pas voleuse. Ne dites rien. Prenez-la pour deux jours. Vous déciderez après.

J'ai accepté. Puis j'ai décidé de garder Mariem, la fluette qui n'avait rien d'une simplette. Ce trésor de fille s'activait du lever au coucher, s'inventant mille tâches et s'acquittant de mille corvées. D'une intelligence fulgurante, elle devançait mes besoins et demandes. Elle n'a pas tardé à se faire adorer par les chiens et tyranniser par les chats et les tortues. Comme elle a vite deviné que j'étais enceinte et me l'a fait comprendre par le geste et un sourire d'une rare bienveillance. Je me suis surprise à rougir puis à lui signifier que je n'étais pas sûre de garder le « pois chiche », comme je l'appelais. Sa moue de déconvenue m'a beaucoup touchée. Je me suis rappelé aussi l'oracle de Michelle à propos du cadeau que j'allais ramener de Patagonie et crié sans rancune aucune :

— *Tfou* sur ta gueule, Michelle *ya qahba* ! Me voilà en cloque comme prédit par tes cartes sataniques !

Tous les matins, je vérifiais la date, comptais les jours qui me séparaient du point de non-retour où je ne pourrais plus évacuer le « cadeau ». Je trompais mon indécision en volant telle une abeille, en butinant, en dansant en rond, en dessinant des cercles en l'air histoire de couvrir le tic-tic du petit être que je portais en moi et qui devenait chaque jour un boum-boum un peu plus sonore, un peu plus effrayant.

Le jour où j'ai réalisé que j'étais la seule créature parlante de la baraque, je suis partie dans un fou rire si long, si brutal qu'il a fait détaler les chats vers les plus hautes branches du vieil abricotier. Mariem a plissé les yeux, complice, est allée chercher le café et les restes du gâteau à l'orange avant de s'installer sur la banquette en face de moi, dans l'immense véranda jonchée de fleurs d'oranger et de bigaradier. L'air était si frais, si odorant que la vie semblait éternelle et le bonheur chose possible.

Le fou rire s'est calmé et j'ai pu avaler une bouchée de gâteau sans m'étouffer. Les chiens sont venus se coucher aux pieds de Mariem, les chats s'installer sur ses genoux et à ses côtés, l'un pour faire sa toilette, les autres pour somnoler. Une lumière de fin de journée a soudain éclairé de biais son profil et j'en ai eu le cœur presque arrêté.

Comment le dire sans tomber dans le ridicule, la superstition et les bondieuseries ? Sous le simple trait de lumière s'est imposée à moi une évidence quasi mathématique, physique ou chimique. Une évidence qui tenait de la rationalité de l'univers, expliquait son fonctionnement et démontrait sa cohérence.

Vides ou pleines, mariées ou célibataires, choyées ou mutilées, saintes ou prostituées, nous sommes des Marie porteuses de big bang. Des Marie mères de milliards de big bang qui ne cessent de composer, décomposer et recomposer la matière afin qu'elle invente l'esprit, l'esprit redevenant instantanément matière en quête d'intelligence, d'harmonie, de sens et de beauté au milieu d'une centrifugeuse qui ne cesse de touiller du sang, des fèces et des larmes.

Quand Mariem s'est levée pour aller me chercher un châle, je l'ai prise par le poignet et lui ai dit :

— Je ne sais pas si c'est le « pois chiche » qui a besoin de moi pour s'incarner ou moi de lui pour devenir papillon après avoir été chenille. Je ne sais pas si je vais avoir la santé, le fric, le temps pour m'en occuper ni l'intelligence nécessaire pour ne pas l'emmerder. Mais si je décide de devenir mère, pois chiche devra avoir un père. Même Jésus a eu besoin de Joseph pour devenir charpentier.

J'ai eu envie de poisson et suis partie tôt au marché central renifler la pêche fraîchement débarquée des chalutiers. Je traîne souvent dans ces lieux qui me rappellent les abattoirs d'Alger, là où mon père nous emmenait, ma mère et moi, manger des brochettes d'agneau superbement enrobées de graisse croustillante et pétillante.

L'odeur forte des poissons couchés sur la glace, couverts d'algues et décorés de tomates et poivrons crus, me grise. Elle m'inspire des recettes de soupe à l'orge, de ragoûts aux citrons confits et même de spaghettis à la tunisienne qui vous arrachent le palais avec leur harissa trop forte. Trop bonne aussi.

Oui, je me suis habituée à manger du feu, et même si je passe parfois un mauvais quart d'heure aux toilettes en punition de mes fringales pimentées, je reconnais goûter de plus en plus la cuisine d'un pays que je dénigre par tendresse plus que par réelle antipathie.

J'ai acheté des seiches à griller et du mérou, pour un couscous au poisson que Mariem réussit divinement. J'ai eu une furieuse envie de poires mais je n'en ai pas trouvé. Le marchand de fromage et de raviolis m'a saluée et promis de m'en livrer deux douzaines dimanche prochain.

Je me suis baladée entre les étals une petite heure avant de sauter dans un taxi et fuir les embouteillages monstrueux qui paralysent la ville dès 8 heures du matin.

J'ai poussé la porte du jardin, appelé Rocco, le chien, mais c'est Mariem qui a accouru en suffoquant et en gesticulant.

J'ai levé la tête et je l'ai vu assis sur un banc sous la tonnelle, la valise posée à côté.

Une mèche blanche barrait désormais le front de Wael, qui avait perdu quelques kilos et portait des lunettes de vue à monture en titane.

Il a dit :

— Voilà. Je suis de retour.

Je ne suis pas tombée dans ses bras.

— J'ai soif. La dame a refusé de me laisser entrer et de me servir un verre d'eau.

J'ai fait signe à Mariem de lui apporter à boire. Je me suis posée sur une chaise en fer et j'ai attendu la suite.

Il est resté longtemps sans parler mais cela ne m'a pas découragée. J'ai attendu patiemment qu'il me dise ce qu'il était venu chercher après tant d'années.

Il a raconté son histoire d'homme qui préfère les hommes, mais qui est né dans un Sud berbère qui ne rigole pas avec l'homosexualité. Pour ne rien arranger, son père était imam, sa mère fille du seul cheikh que compte son village strict et austère par ses mœurs comme par son paysage.

Il a su très tôt de quel côté penchaient son corps et son cœur, et ses années d'internat ont confirmé ce qu'il cachait à tous mais que son copain de classe et premier amour a deviné dès leur première rencontre sur les bancs du lycée.

— Je suis tombé raide amoureux de Montassar. Il était frêle, délicat, mais sa voix faisait oublier sa fragilité par sa puissance et sa beauté. Il chantait des mélodies pleines de sable et d'amours impossibles qui font couler le sang sur les flancs rocailleux des oueds. Il me rendait fou. Il suffisait qu'il soit à cent mètres de moi pour que j'aie la trique. Une trique si douloureuse, si impérieuse que je devais mettre mon cartable dessus pour la cacher à mes camarades et aux professeurs. Dès qu'il s'asseyait à côté de moi et sans que je me touche, mon foutre fusait et mouillait mon pantalon sous lequel je ne portais pas de caleçon. Les taches scandaleuses ont vite été l'objet de curiosité puis de blagues chez les élèves et m'ont valu une convocation chez le directeur : « Monsieur Wael, je veux bien admettre que vous soyez précoce et vous en félicite. Toutefois, ayez la décence de garder votre pantalon propre et sec, je vous prie. Portez des caleçons plus épais, nom de Dieu. » « Je n'ai pas de caleçon, monsieur. On n'en porte pas dans mon village. » Furieux et contraint, le directeur m'a payé une paire de shorts grossièrement taillés dans de la jute. « Mettez cela et épargnez-moi vos érections de bourricot en rut, maudits soient vos ancêtres. »

« Montassar se savait objet de mon ardente passion. Il m'évitait, attiré et effrayé tout à la fois. Je me suis abstenu pendant une deuxième année de tout baiser et toute caresse de peur d'être renvoyé du lycée et, surtout, par crainte de mon imam de père qui m'aurait égorgé s'il avait su de quoi il en retournait.

« Mais la passion est l'ennemie de la prudence. À la fin de la deuxième, fou et malade d'amour, j'ai invité Montassar à passer quelques jours de vacances chez moi. Il a hésité, a rougi, embarrassé et incapable de me dire comment je comptais faire pour l'aimer sans qu'on se fasse surprendre.

« Je l'ai rassuré d'un sourire qui cachait mal ma propre incapacité à imaginer une astuce pour assouvir le désir qui me taraudait sans répit.

« Montassar s'est pointé quelques jours plus tard chez moi et j'ai sauté de joie. Pour dérider mon père, fort marri de devoir nourrir une bouche de plus dans une maisonnée qui en comptait neuf, j'ai proposé qu'on s'occupe, Montassar et moi, du lopin de terre où il voulait depuis longtemps planter quelques figuiers. “Nous dormirons sur place à la belle étoile. Il suffira de nous apporter de temps en temps deux gourdes d'eau et quelques galettes de pain. Pour le reste, les boulettes de zoumita[1] parfumées au thym et le gibier suffiront." Il s'est laissé convaincre et nous avons pu, Montassar et moi, vivre des nuits de fièvres et jouir à répétition.

« Ne m'en veux pas si je te raconte tout dans les moindres détails. Si je suis revenu, c'est pour être clair et sincère avec toi après tant de mensonges et de dérobades.

« Tu sais, les gens s'offusquent de ce que je préfère les hommes aux femmes… Je leur souhaite de vivre ne serait-ce qu'une fois la joie de posséder totalement un mec et le voir éjaculer sous les coups d'une bite affamée.

« Je ne suis pas un monstre ni une brute. J'ai "cassé" Montasser après avoir longuement humecté son anus de ma salive et l'avoir préparé en le doigtant avec délicatesse. Il s'est couché sur le dos, a levé les jambes et m'a dit "Prends-moi ! Je veux te regarder me prendre et jouir dans mon cul".

« Je l'ai pénétré et me suis fiché en lui lentement, j'ai attendu qu'il gobe mon bâton ardent et contracte dessus ses muscles. Je n'ai pas déculé durant une heure, le cognant par assauts très courts, lui évitant les irritations et saignements que provoquent de trop longs coulissages. Il est venu en hurlant sous la morsure de l'incroyable et douloureuse volupté.

1. Plat à base de poudre de blé, d'herbes et d'aromates.

« Non, cela n'a pas duré. Mon père nous a débusqués un soir derrière l'épais jujubier. Il a demandé à Montassar de déguerpir, accompagnant sa fuite de jet de pierres et d'insultes. Puis il m'a ligoté, hissé jusqu'à la plus haute branche de l'olivier du champ et fouetté avec un nerf de bœuf tressé jusqu'à ce que je m'évanouisse, couvert de sang.

« Mon oncle m'a détaché au bout de trois jours, m'a remis un baluchon et quelques billets. "Tu files et qu'on ne te revoie plus ici. Tu as été renvoyé du lycée après la plainte déposée par le père du *miboun*[1] que tu as enculé. *Tfou* sur ta race !"

« J'ai atterri à Tunis puis me suis souvenu d'un vague cousin, qu'on appelle "mon oncle", vendeur de beignets à Alger. J'ai fait la plonge une semaine dans une gargote de la gare routière pour ramasser de quoi payer une place dans une voiture de louage qui faisait Tunis-Alger en douze heures.

« Mon oncle m'a débrouillé un faux baccalauréat et j'ai pu m'inscrire en sociologie, avoir une carte de séjour et oublier le scandale qui a fini par emporter mon père, littéralement mort de honte et de colère étouffée.

« C'est à Alger que j'ai découvert les prostitués… J'en ai payé quelques-uns mais la plupart des garçons couchaient avec moi gratos parce que je n'ai jamais humilié ni raillé mes partenaires passifs.

1. « Homosexuel ».

« J'ai fréquenté les islamistes, revêtu leur calotte et leur qamis presque par jeu. Cela m'a aussi conféré une certaine respectabilité. Mon émir a deviné mes penchants et m'a instamment demandé de prendre femme.

« J'ai essayé de me dérober, je t'assure, ayant pitié de moi mais plus encore de toi, qui allais t'engager dans une existence sans issue, vivre bafouée et déshonorée avec un homme que les filles indiffèrent.

« Quand les islamistes ont pris le pouvoir en Tunisie, mon émir m'a ordonné de rentrer chez moi, trop heureux de se débarrasser d'un pécheur aux goûts de plus en plus voyants, évidents.

« J'ai rencontré Skander et trouvé un semblant d'équilibre, la gabegie qui disloquait le pays limitant les curiosités malsaines, chacun essayant de sauver sa peau, son bien ou son cul.

— Tu as oublié de rendre ses soutiens-gorge à Chahd !

— C'était pas pour moi, mais pour Skander qui aime sortir la nuit en tenue de femme et porter des dessous chic…

— Et lui ? Tu l'as abandonné aussi pour un veuvage précoce ?

— Nous sommes partis ensemble pour la Turquie. Nous avons bossé dans des restos et sur les marchés, les camps de réfugiés syriens, aussi… Puis Skander a commencé à découcher. Une fois. Puis une autre. Pour finir, il s'est mis avec un beau Turc qui le trimbalait entre Ankara et Istanbul, en Mercedes.

« J'ai espéré le récupérer mais son nouveau train de vie lui fait regarder de haut le gagne-petit que je suis devenu depuis que Daech a cessé de payer grassement ses soldats et ses auxiliaires. Je n'ai pas les moyens de sauter les éphèbes ottomans ni le physique pour me prostituer sur les quais du Bosphore. J'ai vadrouillé un peu en Bulgarie, poussé jusqu'à la Croatie et les pays baltes. Mais j'en ai eu ma claque, du froid et de la vie de cloche. Un ami soudanais m'a payé le billet de retour à Tunis. Qu'il en soit remercié jusqu'au jour du Jugement.

— Donc, si je résume, tu es revenu vers la conne qui t'a épousé, fauché, sans abri ni boulot ? Je préfère te dire que je n'ai pas besoin de boulet.

— Je te comprends. Quelle femme accepterait de vivre avec un mari homosexuel ?

— Celle qui a gagné sa vie en faisant le tapin et qui vient de rentrer enceinte.

La mâchoire lui en est tombée de surprise.

— Tu as eu l'honnêteté, même si elle est tardive, de me raconter ta vraie histoire. Je vais te raconter la mienne à mon tour, pour remettre toutes les pendules à l'heure. Entre-temps, va te changer et te débarbouiller. Je ne suis pas chienne et il y a assez de place dans cette baraque pour tous les éclopés.

Je ne pouvais pas décemment mettre Wael à la porte. Son homosexualité ne regarde que lui, maintenant que nous sommes séparés sans être divorcés. Ma génération, surtout les filles, est totalement désinhibée sur ce plan, la pornographie étant désormais à la portée de tous. Films, séries et associations ont fait sauter les derniers verrous et tout le monde se fout aujourd'hui de savoir qui donne son cul à qui. Seul compte le prix, le scandale étant de se faire baiser en se vendant au rabais. Pour ce qui me concerne, il n'y a que la pédophilie qui me fasse hurler de rage et d'impuissance. Mais les adultes, eux, sont libres de refuser ou de consentir selon leur gré.

Wael m'avait juste vexée et je le lui ai dit. Pourquoi avait-il éprouvé le besoin de me cacher son inclination, notre mariage étant un fiasco total et consommé ? Il m'en aurait parlé, j'aurais respecté l'humain à défaut de désirer l'homme. Car au fond, tout au fond, je savais qu'il était aussi faux qu'un cul siliconé. Et pourquoi disparaître ? Nous aurions pu monter ensemble une gentille entreprise. Une épicerie, une crêperie, un magasin de fripes et il aurait fait ce qu'il voulait. La vérité, a-t-il reconnu, quelques semaines plus tard, c'est qu'il voulait vivre sans mensonge, ni pays, ni illusions. Sans péché ni remords, aussi. Mais cela avait raté encore une fois.

— Alors comme ça, tu es enceinte ? m'a-t-il demandé le lendemain, lorsqu'on s'est retrouvés dans la cuisine pour avaler nos œufs brouillés et notre café corsé.

— Oui et je vais le garder.

— Accepterais-tu que j'élève ton enfant avec toi et que j'en sois le père ?... J'ai envie qu'on ouvre, toi et moi, cette supérette ou ce boui-boui qui pourraient nous faire vivre gentiment, en amis et complices.

— Mais tu n'as pas d'argent.

— Tu m'en passeras un peu jusqu'à ce que je te rachète ma part en bossant pour toi seize heures par jour.

— Je vois ! Un Tunisien ne perd jamais le nord.

— Accepte ! *Wallah*, c'est un honnête marché que je te propose... Je te promets que je m'occuperai aussi du jardin. Rabah n'aura plus qu'à passer une fois tous les trois mois.

Il s'est installé dans une chambre au fond du couloir et le quartier nous voit sortir et rentrer avec nos couffins pleins de courses, plus mariés que nature. Nous ne ramenons pas de mecs à la maison. Rien que des amis avec qui nous partageons du vin, des steaks saignants et de la musique.

Wael m'a dit qu'il se tiendrait à carreau jusqu'à ce que j'accouche et que jamais notre enfant, qu'il soit garçon ou fille, n'aurait à rougir de nos frasques. Chacun verra ses amants là où il voudra, sans rendre de comptes, sans craindre d'être cuisiné ou jugé.

En somme, nous servirons de couverture l'un à l'autre. Cela durera ce que cela durera mais ce nouveau contrat semble plus solide que notre ancienne convention.

Nous avons réussi à trouver un petit local dans la médina que nous essayons de retaper pour en faire un restaurant et un café traditionnels. Wael passe son temps à poncer les murs, repeindre les plafonds et rafistoler les fenêtres. Les travaux avancent lentement mais nous ne sommes pas pressés. Nous essayons de trouver une routine et de construire la complicité qui nous a toujours fait défaut. Lui comme moi savons que notre drôle d'attelage nous sert de planche de salut afin de survivre à une société sordide et sans cœur. Tous les deux, nous devons cacher nos blessures de peur que les requins ne reniflent l'odeur du sang et ne nous étripent en deux coups de mâchoires. Nous ne parlons pas de religion ni de politique. Ni de Syrie, ni de Libye, ni de Turquie. Nous protégeons notre bulle de la sauvagerie des âmes damnées. Et souvent, nous rions pour ne pas mourir de vivre à moitié.

Mariam et moi faisons des crèmes brûlées et des crèmes glacées maison, tout en préparant le trousseau du bébé. J'ai préféré ne pas connaître son sexe et choisi la couleur jaune paille pour ses effets.

De temps en temps, en passant devant moi, Wael pose la main sur mon ventre et demande :

— Ça va ?

— Tout va très bien, à part les aigreurs d'estomac et les hémorroïdes.

Il m'a même dit un soir après dîner alors que j'étais allongée sur la banquette sous le mûrier :

— Zahra, merci de me permettre de devenir père.

J'ai répondu, en bâillant car je tombais de sommeil :

— Merci, mon bon Joseph.

Je prie Dieu de nous permettre de vivre pleinement et de mourir sans haine ni rancune envers Ses belles comme Ses abominables créatures.

CET OUVRAGE
A ÉTÉ ACHEVÉ D'IMPRIMER
SUR ROTO-PAGE
PAR L'IMPRIMERIE FLOCH
À MAYENNE EN JUILLET 2023

N° d'impression : 102855
Imprimé en France